文芸社セレクション

犬の僕が猫になる日

今井　幸次郎

IMAI Kojiro

文芸社

目次

コウモリ

（一）あなたになりたい

昼のコウモリは洞の天井にぶら下がり、太陽が西の山並みに沈み始める頃、何処からともなく薄暗闇の空に現れ、方向の定まらない舞いを演じる。それは、夕闇にまみれて空中を舞う小さな羽虫を懸命に捕らえる独特の狩りであった。それを何度も繰り返し、満腹になると洞に戻る。その時間は僅か一時間足らずだが、コウモリの生活には十分であった。

早朝、次郎は客で溢れる通勤電車に乗り込み、前に立つ人の頭と自分の顔の間に文庫本を置き昆虫の不思議な世界に浸る。そうしながらも、前の席が空く気配があれば何気なく移動して僅かな隙に尻を押し込む。最初は遠慮しながら前屈みの姿勢で、電車の速度が増して身体が軽く揺れるに任せ遠慮なく深々と座った。

そんな時に限り、間も無く終点のアナウンスを耳にして、閉じかけた瞼を開けると、文庫本を鞄に詰め込む。扉が開くと同時にホームに押し出され、そのまま改札口へと人の流れに乗って行く。立ってさえいれば足腰に殆ど力を入れなくても済むから、エスカレーターに乗ったのと同じであった。

改札を出れば、さすがに自力で歩かなければいけない。腕時計で会社に着く時間を確かめ、のんびり先を歩く人の間を縫うように走り抜け、瞬く間に小さなビルに飛び込む。一台のエレベータを待つが、上がったまま下りてこない。やっとの思いで会社のドアを開け、どっと滲み出た疲れを隠し、さわやかな声で挨拶した。

就業時間は雑用に終われ、残業時間に課題を終えて、最終間際の電車に乗れば、酔った客の赤い顔から、塩辛の臭い息が舞ってくる。飲んだ時の自分は忘れ、不謹慎な奴だと睨み付けたが、いつしか車内に漂う酒気に酔い、漸く下車駅に降り立ち深く息を吸う。既に夜中の十二時を回り、自宅に戻れば風呂も浴びず布団の中へ。

こうした生活を十年近く続けていた次郎が、最近になって急に改めたから周囲が驚く。定刻を過ぎれば未練なく仕事を切り上げ、外の明るい時間に地元の駅に降り立った。西日の照り返しで薄明るい空には、酒に酔ったようにコウモリが不思議な舞いを演じる。家に向けて自転車を漕ぎながら、目の前を低く飛び交うコウモリに向かい、次郎は嫉妬と羨望の入り混じった一言を呟いた。

「一時間働き家族を養えるあなたになりたい」

（二）出会い

三十数年前の春先、雪解け水でぬかるむ村道では、ゴム長靴を履いた子供の一団が整列縦隊で賑やかに進む。隊長は、大人に負けない体格の中学生である。彼を先頭にして、次郎を含む小柄な小学生の兵隊が十数名、水力発電所の貯水池の下方にあり、普段は水の流れることのない排水口のトンネルに向かった。

行進を始めて十数分が経った頃、隊長が道を外れ、枯れ草の横たわる土手を尻で滑り降り、兵隊も揃って全員が続く。斜面に立ち並ぶ細い幹のニセアカシアの間を器用に縫って滑り下り、踊り場に出たところで尻に付いた枯れ草を手で叩き落とす。そこから歩いて間もなく、入り口が蒲鉾型のコンクリート製トンネルの前に到着した。

「番号」

消防団の訓練を真似て、隊長は兵隊の人数を確認する。

「イチ、ニー、サン、シー・・・ハイジュウサン」

慣れたもので、並んだ順に最後まで番号を間違わずに言う。

「最後のハイは要らない」

「ハイ隊長」

「それは宜しい」

　何だか面白くなり、隊長も兵隊も皆で腹を抱えた。

　水の流れ出ないトンネルと承知していても、いつ何が飛び出してくるのか判らない不安がある。その先も暗闇で殆ど見えないから、兵隊は入り口に集合したまま隊長の命令を待つ。だが、何度かトンネルに潜った経験のある隊長は落ち着いている。左手に大きなローソクを持ち、マッチの小箱をポケットから取り出し、そこに火を点けてから兵隊に伝えた。

「これからコウモリを生け捕りに行く。俺に続け」

　先頭を切り、隊長は勇ましく突撃を開始する。次第に暗くなるトンネルの中、頼れるのは逞しい隊長の手にしたローソク一本であった。それを先頭にして、高さ五尺で横幅四尺の穴を隊長の歩く速さに合わせて進む。さもなければ暗闇に置いて行かれるから、先程までのお喋りが嘘のように、小さな兵隊は誰もが口を閉じて歩いた。

　どうしてコウモリを捕まえるのか、その理由など誰も知らない。隊長の命令は絶対であり、それに兵隊は黙って従う。それが嫌なら、仲間に入らなければ良い。だが、口髭も薄く生え始めた隊長の遊びは、見掛けは大人びていながら中味は子供らしく、一人も服従することに苦痛を感じなかった。

今日も学校の帰り道にトンネル探索の話を聞き、次郎は家に鞄を放り投げるのも忙しく、ゴム長靴の上端を荒縄で縛り、兄が着古して方々が黒光りするヤッケを着込み、親父の使い棄てた軍手を嵌め、二尺程の細い棒を護身用として腰に差し込み、兵隊の身支度を調えて集まったのである。

後方から差し込む明かりが弱まるに連れて、隊長の手に持つローソクは勢いを増した。それと並んで、黙り込んだ兵隊の不安な気持ちも大きさを増していく。次郎は、『でっけぇコウモリが出て、首に嚙み付き血を吸われたらどうすべぇ』と想像した。

その時、青ざめた顔を誰かに気付かれはしないか。心配したところで、先頭を行く隊長の歩く速度が急に落ち、一団は寸刻みの歩みになる。実は、隊長もトンネル内でコウモリを見掛けたことはあるが、その大きさに驚き逃げ帰った兵隊時代の苦い想い出があるだけで、捕まえたことはなかった。

『そろそろ出そうだなぁ。出たら恐ぇなぁ。出ねぇで欲しいが、そうすりゃ捕まえられねぇし』と、次郎に負けず弱気になっていた。先頭を行く頼みの隊長がこの有様だから、兵隊の足は一歩も前に進まない。

次郎は、急に泣きたくなった。いっそのこと大声で泣けたら、どんなに気持ちが晴れるだろう。けれど、ここで泣いたら、仲間に弱虫だと言われ、隊長にも兵隊らしくないと嫌われる。だが、遂に我慢の限界を超えた。滲み出た涙は頰を伝わり流れ落ちたが、皆前を向いているから判らない。

その時、ローソクの炎が弱々しく揺れ、ふと消えそうになった。

「アッ」

誰かが声を出した。その余韻から、隊長の声だと誰もが知る。

水分をたっぷり含んだ冷たい風は、首筋の産毛をそっと撫でた。少しずつ前進するゴム長靴の底を擦る音だけが、トンネル内に響く。それを掻き消すばかりに大きくなった心臓の高鳴り、次郎の恐怖心は最高潮に達した。

「コウモリ発見」

幾らか落ち着きを取り戻した隊長が、天井を指して叫ぶ。この一声で恐さを忘れた兵隊は、ローソクの炎に照らし出された黒い天井を見上げた。そこには、想像していたのとは程遠い、萎れた茄子か、栄養失調の子鼠に似たコウモリが頭を下にして、予想を遥かに超えた数でぶら下がっている。興奮した隊長が大声を出す度、コウモリの群れは反応して形を変えた。

「何だぁ、大したこたぁねぇじゃねぇか」

これまで一言も話さなかった兵隊の一人が、安堵と失望を織り交ぜて吐き出すように言う。他の兵隊も同じ様な気持ちであったから、不満の声が一斉に上がった。そこで隊長は振り返り、大人の声で兵隊を一喝する。

「黙れ」

その時、天井に貼り付いていたコウモリの群れは、一匹残らず舞い下りた。一瞬、暗くなって慌てた隊長は大声で叫ぶ。

「敵襲」

言うが早いか、うろたえる兵隊を押し退け、自分一人で出口に向かい一目散、隊長と言う立場を忘れて逃げ出した。

トンネルを出た直後、自分の他には誰一人付いてこないことに気付き、そこでトンネルに向かい退却の号令を掛けたが、もはや取り返しは付かない。隊長の敵前逃亡と言う事実は残った。

穴の中で明かりを失い隊長にも見捨てられた兵隊の頭上を、眠りを覚まされ怒り狂ったコウモリの群れが乱れて舞う。無数の翼が手先や頬をかすめ、皆は声も涙も出せなかった。気付くと、次郎は誰かの背中を夢中で摑み、そのまま引かれるように外へ出る。

漸く、次郎は天を仰ぎ大きく息を吐いた。すると、身体の芯に押し込まれていた素直な思いが頭をもたげ、目頭は熱くなり涙が止め処なく流れ出る。仲間の兵隊も似たようなもので、トンネル前の枯れた芝の上に倒れ茫然と天を仰いだ。

部下を置き去りにした隊長は、集団から一人離れた土手の上で、首を垂れ、片手を上着のポケットに突っ込み、足元の小石を選ぶともなく蹴っている。残りの手には燃え残りのローソクを握り締めていた。こちらを振り向く勇気も失せたのか、その眼は伏せたまま。その場を立ち去ろうにもきっかけが摑めないようで、やるせない後ろ姿が小さく見えた。

立ち上がった次郎達の後ろからは、コウモリの群れが次々と舞い出し、雑木林の梢を通り抜けて、夕空に吸い込まれるように掻き消える。それを見届けた隊長、部下に背を向けたまま、何も言わずに歩き始めた。

どうした訳か、隊長に従って兵隊は歩き出す。次第に先頭を歩く隊長の足取りは軽やかになり、やがて姿勢も元のように威厳を取り戻した。春の一日、こうして次郎達のコウモリ生け捕りの冒険は終え、苦く懐かしい思い出となったのである。

（三）夢も膨らむ

あれから二十年が経ち、次郎は相変わらず社長と言う隊長の下で働く一人の兵隊であった。隊長の命令に従い貰う給料を当てにして、三十五年のローンと言う先の見えない返済計画を組み、親子四人が住むマンションとは名ばかりで、ウサギの巣に似た貧弱な住処を手に入れたばかりである。

そんなマンションも数年経てば値上がりする筈であった。それを見込んで、数年後には庭付き一戸建てを買えば良い。そうすれば、子供達の欲しがる犬も飼うことができ、田舎で一人暮らす母も呼び寄せることができる。時代は、一千万円で購入した華奢なマンションでも、数年で三千万円近くに高騰するバブル経済の最中であった。

細身の身体を満員電車に押し込み、国鉄御茶ノ水駅から吐き出され、駿河台下交差点手前まで坂を転がり、明治大学の裏手にある金華公園を横切ったところで、走る速度を落として一階が肉屋の小さなビルに入る。二年後には靖国通りに面した大きなビルに引っ越すことになるが、それまではトンカツを揚げる油の臭い包まれたビルに通った。

「はぁ、申し訳ありません」

「何だ、その気の抜けた返事は。そんな根性だから、まとまる企画もまとまらん」

「はぁ、努力はしたのですが、何せ相手の都合もありますから」

「何を言うのかね。そこを何とか説き伏せる、それが企画マンの仕事じゃないか」

「はぁ、…」

「弁解は要らん。何があろうと期日まではまとめること」

隊長に言われるがまま、頭を機械的に下げた次郎は席に戻り、白紙に戻った生産ラインの自動化技術セミナーの企画書を眺めながら、パンフレットの締め切りまでの日数を指で数える。

「あと三日か」

手帳を開いて、残り僅かなセミナー講師の候補を探したが、そう簡単に適任者は見当たらない。仕方なく、講師候補の紹介だけでもと考え、微かな望みを託し、社外ブレインのダイヤル番号を回す。だが、電話の声に喜んだものの、それは味気ない留守番テープであった。

「仏滅かな」

壁に掛かった暦を見た。

「先勝か。午後の電話では間に合わない筈だ」

困った時の神にも見放されたようである。けれど、その資格は元より次郎にはなかった。そもそも、次郎は信じる神を持たない。

既に八時を過ぎたが、明日の準備も終えないまま帰宅する訳にもいかない。資料棚から分厚い名簿を取り出し、次郎は企画中の講師候補を探した。しかし、既に一度目を通した名簿には、それらしい人物は見当たらない。

そこで、講師候補の範囲を広げ、生産ラインの検知システム、搬送システム、加工システム、組立システム、検査システムに関する自動化を手掛ける技術者のみならず、その組織を退職して大学や研究機関に籍を置く者まで選択枝に入れた。

すると、可能性のある講師候補が何人も浮かび上がる。こうして細かな文字を暫く追う間、我慢できない痛みが次郎の両目を襲った。瞼に浮き出た脂まじりの汗が疲労で充血した目に流れ込み、視神経を刺激したのである。眼鏡を外し、柔らかなハンカチで両目の涙腺近くをそっと拭いた。

「そろそろどうですか」

盃を傾ける仕草で誘うのは、煙草の煙に生気の失せた顔を埋めていた新さんである。背は低く小柄だが、顔が小さい所為か座って居れば次郎より大きく見える先輩だ。それに、太く黒い眉毛と濃いあごひげが、精悍な顔付きに貫禄を与え、次郎より若い年齢には見えない。

「異議ありません」

いつからか、その誘いを心待ちにするようになっていた次郎は、汗と脂で汚れた眼鏡拭く手を止めて答えた。善は急げ、机の上の資料を素早く片付け、二人肩を並べて向かった先は、新さんの故郷の薩摩焼酎を飲ませてくれる居酒屋である。その店は、靖国通りに面して立ち並ぶ大きなビル群の裏に在り、薄汚い暖簾に染め込んだ店の名は消え掛けていた。

間口二間で奥行き三間の店は、客が十人も入れば満員御礼である。それに、いつも焼き鳥の煙が店内に充満し、煙を吸い出す換気扇の休みない疲れた音も喧しい。その中で、馴染みの客とは幾らか言葉を交わし、酔った客と女はお断りと言う頑固な親父が鳥を焼く。その親父、肌の合わない客は来て貰わなくて結構と言い切るから、商売気などまるでない。

「軟骨、レバー、ネギ塩を一人前」

いつもの品を新さんは頼む。

「白のタレと目刺」

少し間を置いて次郎が言った。すると、江戸っ子の気質を引き継いだおかみさん、もどかし気に迫る。

「兄さん方、お酒は飲まないのかい」

「薩摩焼酎、熱燗で頼みます」

新さんと次郎、叱られた子供のように二人揃って頭を下げた。いやはや、居酒屋にまで来て叱られる、とは思わせない清々しい言い方がおかみさんの味である。

ところで、仕事中は口数の少ない新さん、アルコールが入ると人が変わった。普段より幾らか高目の声で、噺家のように喋り始めたら止まらない。その範囲は広く、芸能人の噂話から古典文学や仏の教えまで、仕事とは関係のない話を選んで相手の気を引く。

それに加えて聞き上手、話の下手な次郎の言わんとする要点を素早く飲み込み、途切れそうな話題を巧みに繋いでくれる。その間、二人の小さなテーブルには、空の徳利が二本三本と倒れ始めた。

「この目刺、こう呼ばれる魚の種類があるのかと思っていましたよ。馬鹿だね、山国育ちの田舎者には、海の幸はよく判りません」

すっかり仕事の疲れも忘れ、いつになく口も滑らかになった次郎は、新さんが否定してくれるのを期待して言う。

「そう、おっしゃられては、何と答えましょう。鹿児島生まれの私とて、おでんのコンニャクは、海の幸だと信じていましたから」

こうした問答を酒の肴に楽しみながら、二人は終電近くまで徳利を転がす。頑固な親父は、黙って暖簾を外して店内に入れる。それは、二人に宴の終わりを告げた。

その翌日のことである。

「どうなっているね」

背後から声を掛けられ、一瞬だが次郎は息が止まった。社員の誰とはなしに放たれた、社長の挨拶である。

「皆、朝から椅子を温める余裕など無い筈だが。この余裕、結果が楽しみだな」

そう言われて、席に居続ける度胸は誰にもなかった。一人、また一人と席を離れたものの、行く先がある訳ではない。

新さんと次郎も例外ではなく、互いに望みの薄い相手を頼って外に出た。歩道に出たところで新さんと別れた次郎は、地下鉄千代田線に通じる階段を下りる。そこは、蟻の巣によく似て、女王蜂に忠実な働き蜂を自分に連想させた。

下から、生暖かく黴臭いコンクリートの匂いを強く沁み込ませた風が次郎の顔に当る。とてもじゃないが、吸い込めたものではない。鼻の穴を小さくして、鼻毛に埃を取らせ、それでも残る臭気は諦める。あとは、その臭気に慣れるだけだ。

地上と変わらぬ混雑を縫い、改札を通過した時には、すっかり地底人になっている。先程まで鼻を突いた臭みも、もはや感じなくなっていた。ホームで電車を待つ時間を惜しみ、次郎は鞄から文庫本を取り出し、間もなく到着した電車に乗り込み、そのまま本の世界に浸る。

文庫本の奥に見えた駅名、それは次郎の降りる駅だった。扉の閉まる寸前に電車を降りてから、蟻の巣を上がる間に地底人から地上人へと変身していく自分が次郎には判る。その頭は、ファーブルの昆虫の世界を離れ、技術立国日本の先端を走るセミナー企画者に変わっていた。

『新さん、流石に今回は苦戦しているな。何しろ、狙いが凄い。他社を出し抜く新製品開発とは、大人しい言動からは想像しようもないな。だが、これまで何度も難題を乗り越えた新さんのこと、何とか企画を成立させるに違いない。けれども、私の企画は危ないだろう』

一方、御茶ノ水駅まで坂道を歩き中央線に乗り込んだ新さん、高尾に向かう車中で次郎の企画が気に掛かる。

『今回の企画も次郎さんらしい。現場を知らない私には気が付かないものだ。それだけに苦戦しそうだな』

いつものことながらだが、実現の可能性が少ない企画を追って、会社に戻ると午後八時は過ぎていた。

「どうですか、軽く」

いつもの口調で、新さんは次郎を誘う。それから先は、いつもの店でいつもの調子を取り戻し、沢山の徳利を転がした。

(四) 大企業病

同じ企画には満足しない新さんが会社を辞め、故郷の鹿児島に戻って八年が経つ。それに対し、同じ企画でも集客のある限り再演を恥じない次郎は、部下を数人持つ立場になっていた。

「お先に失礼します」

退社時刻になると机の上を片付け、仕事も途中に若い社員は席を立つ。

『時代が変わったのかな』

世の中の流れを追うセミナー企画の責任者とは思えない、間の抜けた言葉が頭をよぎる。

技術情報だけを追い過ぎたのか、社員の様変わりだけでなく、社長の変化も読めなくなっていた。かつて次郎の社長は、電子機器業界の動向には敏感に反応し、経営の舵を柔軟に取る企画者も兼ねていたが、大企業の安定経営を夢見て、ピラミッド型の組織作りに軌道を修正していたのである。

動脈硬化の症状に苦しむ大企業が、機動力に富む社内ベンチャー企業を興そうと軌道を変える時期に、それを真似ようとするのだから、誰か意見する者は居ないのであろうか。縦割りの組織に細かな規則を矢継ぎ早に設け、週に何度も幹部を集めて会議する社長となっていた。

ひと昔、次郎らを叱った逞しい社長が思い出される。肌に食い込む鞭のような叱咤は、小さな組織が生き延びるには必要であった。それに抵抗しながら、社長の目指す方向性は誰もが認める。その鞭の中には、温かい血が流れていたと言えるだろう。

その鞭を振り回すことはなくなっていたが、世の中の流れが屈折して見える経営者になっていた。それと言うのも、懐に貯め込んだ小金の所為であろう。それを増やすこと、減らさないことに神経を使うから、その策はどうしても保守的になる。

本来は最優先の企画力より、社長に従順な人選になり、優秀な企画者は次々に会社を辞めていく。それでも、社長は優秀な企画者を育てようとはしなかった。その結果、売上が減れば人件費でコスト削減を図り、懐の小金を死守しようとしたが、所詮、有効な策より形を重視しては無理がある。

しかしながら、隊長に従うのが兵隊の務めと信じ、いつしか社長の目が覚めることを願って、大きな船を望む社長の小船に、次郎は身を託した。だが、船には三十名以上の兵隊を乗せている。迫り来る時化に気付かない船長を諦め、海中に身を投じて近場の島に避難することも可能だが、次郎はそうしなかった。

三十年前のコウモリ狩り、兵隊を残して一人で逃げた隊長の侘しい後ろ姿の所為かも知れない。定刻に会社を出た次郎は、今日もまた地元の駅に着くと、出所の知れないコウモリを探し、空を見上げた。

『新さん、相変わらずだろうな。今頃は地酒を片手にして、唯我独尊などと言いながら、その意味の判らない新人を相手に、頭を掻いているかな』

そんな事を考えながら、次郎は二つ目の角を気楽に曲がる。

その時、いきなり現れた黒い飛行物体に肝を冷やし、思わず眼を閉じたその拍子に自転車もろとも側溝に落ち、したたか額を打った直後のこと、次郎はコウモリに乗り移り空を飛翔する自分に気が付いた。

「お前さん、どうしたね。何と下手糞な舞いじゃ。その様に真っ直ぐ飛んでは、餌は捕まえられん」

どうやら狩りの最中である。だが、自転車に乗っているつもりであったから、次郎は直進するしかない。それも、次郎の意思とは無関係に羽虫を狙ってのことだ。

何度も突進したが、何れも不首尾に終わり、コウモリらしからぬ失態である。それを見兼ねた群の長老は、再び声を掛けた。

「おぬし、名は何と言う」

「はあ、つい先程まで人の世界で自転車を漕いでおりました、次郎と申します」

翼の振りに不慣れな次郎は、長老に返事をする瞬間、翼を止めて起立の姿勢になる。浮力の失せた次郎の身体は、当然のことながら落下を始めた。夢中で翼を振り回し、辛うじて地上と衝突する難を逃れた次郎に対し、長老は微笑を浮かべる。

「ほう、変わった世界からおいでじゃのう。それでは無理もなかろうが、このままではコウモリとして生きてはいけまい。わしの飛び方をよくみておくが良かろう」

長老は、普段の舞い方、餌の捕らえ方を何度も繰り返して見せた。

「なるほど、見るのとやるのとでは大違いですね」

「当たり前じゃ。傍から見れば気楽そうだが、鳥でもないわしらが空を飛ぶのは容易じゃない。それに、御先祖様から頂いたこの小さな眼は、余り頼りにはならん。その代わり、神様は素敵な耳をわしらに下さった。眼に勝る役目だが、御存知かな」

「ええ、確か中学生の時でした。理科の先生に教えて貰い、多少は覚えています」

すっかり生徒になりきったものの、今度の次郎は翼を振ることを忘れない。

「結構、それならばひとつ試してみなされ」

長老の見守る中、神経を耳に集中し、羽虫の発する微かな羽音に向かい、次郎は翼を振った。だが、人の習性が抜けない悲しさか、弱視の眼も捨て切れず、途中で耳から眼で追い、すんでの所で逃がしてしまう。

「耳、耳じゃよ。耳で最後まで追うのじゃ。・・・そうじゃ、大切な点を言い忘れておった。わしらは、超音波を出せるのじゃ。それを羽虫に向かって発射してな、撥ね返って戻ってくるのを耳で受けて、相手の位置を知る。これはな、三角測量の原理だが判るかの」

次郎は首を横に振り、博学の長老に降参のサインを送る。

「仕方がないの。まあ良いわ。立派な機能は備えている筈じゃ。もう一度、羽虫を捕らえてみなされ」

長老に教えられたまま、次郎は鼻孔を絞って音波を出し、眼は閉じて反射音だけ頼りに飛行した。驚いたことに、眼で見るより鮮明な音の世界がそこにある。羽虫の位置だけでなく、その周囲の障害物も把握できた。

「どうやら、超音波の使い方を心得たようじゃ。それでは皆の衆、今宵はここまで」

次郎の飛行訓練を終えたところで、長老は待たせておいた仲間に帰る合図の音波を出し、餌場を後にする。群は寝床の巣に向かい、隊列を組まずばらばらに飛翔した。

次郎は、黙って新しい仲間の後を追う。何のことはない、コウモリの寝床は次郎の家族が住むマンションの近くにあった。そこは、大きな農家の敷地内に広がる欅の林である。その中で、樹齢百年は超える欅の枝が落ちた跡に出来た大きな洞、そこが群の寝床であった。

仲間に続き欅の洞まで来たものの、次郎は当然のように、自分の帰りを待つ家族の元へ。間もなく玄関に舞い降りたが、コウモリの身では呼鈴すら押すことが出来ない。ドアのノブに飛び付いたが、滑り落ちないよう足を掛けるのが精一杯である。仕方なく、ベランダに回り窓ガラス越しに部屋を覗いた。わずかに開いたカーテンの隙間から、妻子の笑顔が見える。

「オウイ、オトウサンハ、ココダヨ」

必死に叫んだが、それは人に聞こえない超音波だから、誰も次郎には気が付かない。何とか気付かせようとして、窓ガラスに体当たりをした。それも、テレビの音に消されて無駄と知る。

諦めて舞い上がろうとした時、湯上がりの裸体を拭く、自分をそこに見付けた。部屋の中に居る次郎は額に大きな瘤を作り、顔の汗を拭き取ると、妻に向かい何か言う。次郎の妻は笑いながら箪笥に駆け寄り、中から下着を取り出すと目も伏せずに手渡した。

下着姿の次郎は、そのまま食卓の椅子に座り、妻の注ぐ麦酒を一息で飲み干す。まあ凄いとでも言ったのか、次郎の妻は空になったグラスに再び麦酒をなみなみと注いだ。下着一枚の次郎は、それも一息で空にする。

「オトウサンハ、ココダ。ソンナニ、ノマナイダロ。ソイツハ、ニセモノダ」

と叫んだが、誰もコウモリの次郎には気付かない。次郎の身体を相手に嬉しそうに話す妻、何一つ疑わない子供を見るのが辛くなった次郎は、仲間になったばかりのコウモリが待つ、欅の洞に向かい翼を大きく振った。

「あなた、いつものあなたではないみたい」

次郎の耳の奥で、妻の科白が何度も響いて繰り返す。中身の入れ替わった次郎だとは、少しも気が付かないで眼を潤ませたあの姿、何と言う破廉恥か。だが、妻を責めるのは酷と言うもの。中身の違いが判るのは、コウモリに姿を変えた次郎とその相手のコウモリだけであった。

（五）コウモリが人間に

不覚であった。それにしても、何と言う変わりようか。気が付けば私は人間で、身体は独りで勝手に動き、飛ぼうとしても翼は無くて、見上げた空に仲間は見えない。茫然と夕闇を見詰める私には構わず、私が乗り移った身体は自転車を側溝から引き上げ、そのまま地上を走って行く。

やがて、私はコンクリートで周囲を仕切った大きな洞窟に入って行った。そして、暗がりから眼の眩む明るい巣に入り、ぼんやりする私に向かい唇を赤く染めた人間の雌が言う。

「あら、額に瘤が」

何と答えて良いものか、人の言葉を知らない私が迷っていると、主が助け舟を出した。

「脇見運転さ」

「そうなの。気を付けて下さいね。大切な身体ですから。うふ」

人間の雌は、私がコウモリとは知らず、風呂に麦酒と立て続けに世話をする。生まれて初めてのことだが、まことに具合が良く、このまま人間に成り切ろうかとも考えた。夕食を終えて床に入り、これから先どうしたものか。欅の洞に残してきた身重の妻や仲間の事が気に掛かり、眠れずに寝返りを打った。

その先には、主の妻が目を輝かせ、待っていましたと身体を寄せてくる。すると、私の意志とは関係なく、主の腕は妻を抱き寄せ、その唇を激しく吸った。

「あら、いつもより激しい。吸血鬼みたいよ」

そう言いながら、額の瘤に唇を寄せて、余り無理はしないでと言ったものの、いつしか妻は我を忘れ、激しく求めて終わりを知らぬ。

夫婦の愛を確かめ終えた主の疲労は、極限に達していた。自然に瞼を閉じた耳元で、私の存在を見抜いたように妻が言う。

「あなた、今夜はとても素敵だったわ。別人みたい」

その瞬間、眠気が覚めた私は、洞に残した妻に詫びた。意に反した行為とは言え、主の身体を借りた浮気の事実は変わらない。その一方、とても素敵と囁かれ、至極複雑な気持ちでもあった。

この時期、コウモリの雌は雄を求めない。秋に交尾を終え、春になるのを待って排卵受精する。その後、出産に育児と続き、秋に子供を独立させ、それから再び交尾期を迎える。年に一度しか交尾しないコウモリに比べ、季節を選ばない人間の性欲に呆れながら、充分に満たされた私は、いつしかまどろんだ。

翌朝、慌しく身支度を調えた私の主は、朝食も食べず自転車に乗って、舞うように駅に着くと階段を駆け上がり、ホームに滑り込んだ満員電車に飛び乗る。車内は人の汗が充満し、私の住んでいた洞の中と変わりない。

男女が布切れ一枚隔てただけで身体を密着させて立ち並ぶ様子も、天地を逆にすれば洞と変わらないところで安心した私は、けばけばしい化粧に胸元が大きく開き、谷間の見えそうな若い女性に目を留めて、秋になると身体の芯から湧き上がるコウモリの求愛行動を思い出した。

主も同じ気持ちになったようで、目を伏せれば席に座った女性の短いスカートから白い太腿が露わに見える。目のやり場に困り、押し潰された鞄から文庫本を探り出し、読むとはなしに顔の近くに置いた。やっと気持ちが落ち着くかと思えば、新たに乗り込んだ客に押された中年の女性は、豊かな尻を主の股間に押し入れる。

高まる神経を静めようと、文庫本をめくったが車両の振動に併せて微かに上下する尻の動きに堪らず、身体を捻って、位置を変えた。こうしたことは洞では味わえないことで、私は感激したが主は慣れている所為かそれほどでもなさそうである。

終着駅の間近になって、幾らか空いた周囲を見回した。どの人間も、これから働こうとする気迫はまるで感じられない。俯いて肩を落とした姿は、既に一日の労働を終えた仕事帰りと見間違う。唯独り、元気な人間は主くらいかと呆れる私であった。

終点の上野駅、車内アナウンスに仮眠から覚めた主の仲間は目の色を変え、席を立ちホームへ飛び出す。同じ時刻、高崎線、東北線、常磐線の電車の客が申し合わせたように山手線のホームへと殺到するから、電車が入る前にホームから押し出され、線路に溢れて落ちそうである。

これは、欅の洞とは大違い。後ろ向きに身体を押し込んだものの、電車の扉に鞄の端を挟まれた主は、懸命に引き込もうとしたが無駄である。扉のガラスに貼り付いたまま、次の停車を待った。間も無く扉が開き、主人は何喰わぬ顔付きで鞄を引き寄せ、電車を降り、人の流れに合わせて階段を上がる。

そこで、もう一度電車を総武線に乗り換えたが、今度は山手線ほど混んでいない。前向きに車内へ入り、曲がったネクタイを直す間も無く御茶ノ水駅に着く。いつもの改札を出てから、鞄を小脇に抱え、会社を目指して走り出した。ああ、じれったい。私がコウモリの身体であったなら、ここは一気に空を飛ぶところである。

「あら、どうなさいました」

若い事務の女性に額の瘤を気遣われ、主は嬉しそうに昨日の顚末を話して聞かせた。その時、コウモリの私のことも話すのではないかと気を揉んだが、それには触れない。

ミニスカートが愛くるしく小柄の割には胸が豊かで、ショートカットの髪型が良く似合う小麦色の丸顔に薄い口紅も控えめにした彼女の用意したコーヒーを飲みながら、主は鞄を扉に挟まれ困りながらも平然とする自分を演じた。

「うふ。面白い課長さん」

主の期待に応え、彼女は席に戻る。その後ろ姿をじっと見詰める私の主は、朝から何を考えていることやら。昨夜に朝方そして今と、雌の尻を追う人間の雄よ、私らコウモリの節度を弁えた生活習慣、大いに見習うが宜しい。

そんな私の忠告が聞こえたのか、それからの主は見違える働き振り。部下の指示は手短に厳しく、電話を持てば巧みに話し、書類に向かえば表情は険しく近寄り難く、掻き込むだけの昼食を終えれば、休む間も惜しんでペンを走らせ、取材予約が取れたら直ぐに出掛け、先の評価を取り消すうちに日は暮れた。

勤務時間内は全力で、定刻を過ぎれば潔くペンを置く。仕事のけじめを明確にした主である。その主に任せ、再び帰宅する通勤客で賑わう電車に乗った。朝方に比べれば、車内の混み具合もさほどではなく、電車を二つ乗り継ぎ始発駅に降り、余裕を持って席を確保する。

そこに鞄を置いて、主は売店から缶麦酒とつまみを買い求め、席に戻って晩酌を始めた。自宅に戻れば、奥さんの心のこもった手料理に冷えた瓶麦酒が待っている。それなのに主は、コウモリなどには判るまいとでも言いたげに缶麦酒の栓を指で開け、一気に飲み干した。

始発電車の発車する前に独りで晩酌を済ませた主は、朝の電車で読み掛けの文庫本を取り出し、仕事に勝る熱意で読み進む。つい私も引き込まれ、主の拾った活字を読み返した。それは、コウモリの世界でも有名な『ファーブル昆虫記』の一節である。

主は、始発駅の発車ベルは麦酒の所為もあり気が付かなかった。また、降車駅名を告げる車内アナウンスにも気が付かず、危うく乗り越す間際に車窓を見て、発車ベルが鳴り終わる直前に降車し、現実に戻った主は駅を出て駐輪場に向かう。

昆虫の生態を丹念に調べあげた人間の文章を初めて読んだコウモリの私の心は、大きく揺れ動いていた。私が宿った主は、コウモリの生態も例外なく知り尽くしているのではなかろうか。そう考えると漠とした不安で急に恐ろしくなった。

これまで、私の存在を知らないのは主ばかりと決め付けていた私の無知を暴かれた思いで、今は持たない背筋が寒くなる。直ぐにでも主の身体を抜け出し、自分の身体に戻りたいと焦る私を無視するかのように、主は悠然と自転車のペダルを漕いだ。それどころか、黄昏の空を見上げて、

「コウモリの姿が見えないな。今日は休みか」

などと口にする。

『そうですよ。私が行方不明になったので、とても狩りどころではないですよ』

そう言い掛け、主の『私』に替わりコウモリが入り込み、コウモリには主の私が入り込んでいることを思い出して黙った。身籠ったコウモリの妻を前にして、主の『私』は困惑しているに違いない。

出産前で気の立った妻の扱いを知らないで、喰われてしまったら終わりだ。戻る身体を失った私は、このまま主の身体に寄生したままで終わる。もっとも、人間になっ

たままでも悪くはないが、気ままに暮らせる自由は何物にも勝り捨て難い。

生きる為に少しばかり働き、子孫を残す行為は年に一度、あとの時間は全て自由である。空想の世界に浸るのも、超音波を使って遊ぶのも、誰に拘束されることもない。昼間から居眠りしたところで、誰にも迷惑は掛からず、誰も咎めぬ。

(六) 私はコウモリに

欅の洞に舞い降り、自分の居場所を探す次郎に向かい、誰かが親しく呼び掛ける。

「あなた、探したわ。狩りの途中で見えなくなり、とても心配したのよ」

出産を間近に控えた雌のコウモリが近寄り、逆さになった両手を広げ、次郎を包み隠すと熱い口付け。

振ら下がっているのが精一杯の次郎は、なされるがままじっとしていたが、やがて次郎の意識とは関係なくコウモリの感覚に浸り、いつしか妙な気持ちになって条件反射で相手の身体を抱き返していた。

その瞬間、人間の癖が現れ足を移動した際に爪が外れ、次郎と雌は洞の底へ真逆様に落ちて行く。これはいけぬと意識はしても、雌の巧みな愛撫で麻痺したままの身体は、態勢を立て直す動作も鈍く、間も無く底に打ち当たった。

主のコウモリが死ねば、乗り移った次郎も終わる。これで最後と思ったが、何の事はない、コウモリの排泄した砂のような糞の中に上半身が埋もれただけである。その中でもがき苦しむ次郎の足を、先程の身重の雌が引き上げた。

心配そうにせわしく翼を動かし、汚物を懸命に払い落とすが、こびり付いた糞は簡単には落ちない。そこで、次郎を洞の外へ連れ出し欅から飛び立つと、次郎のマンションの上空を飛び越え、電車の線路を過ぎた先の用水路に舞い降りる。

次郎が浅瀬に入り身体を洗う間、前後に回り手を貸して、雌のコウモリはかいがいしく世話を焼いた。

「ありがとう。どなたか知りませんが、こんな汚れた身体を洗ってくださり、本当にありがとう」

雌のコウモリに向かい、次郎は初めて言葉を掛ける。

「何を言うのです。あなた、他人行儀は止めてください。当たり前ではありませんか、あなたの妻ですもの」

そう言われ、次郎は自分の立場を直ぐに理解したものの、相手の言葉を受け入れる訳にはいかない。

用水路の浅瀬から上がり、身体の滴が切れるのを待ちながら、コウモリの長老に言った科白を繰り返した。

「よく聞いてください。私は身体こそコウモリですが、実は人間なのです。どうしてこうなったのか判りませんが、つい先程までは二本の足で歩く人間でした。お話では、私はあなたの夫のようですが、その方は私と入れ替わり何処か別の場所に居る筈です。確かに、この身体は御主人の物に間違いないでしょうが、意識は人間の私、いや、申し遅れましたが次郎と言う人間ですから、誤解なさらないでください」

次郎の懸命な説明を黙って聞き終えた雌のコウモリは、高まる感情を抑えながら、やがて落ち着きを取り戻して。

「そうでしたか。私も何だか妙だとは感じていましたが、身体は紛れもなく主人でしたから、いつかは元に戻ると思っていました。すると、私の主人は、今何処に居るのでしょう。入れ替わったあなた、次郎さんとおっしゃいましたか、あなたが知らないのは変です。どうぞ、冷静にお考えになり思い出して下さい。私の為にも、それに次郎さんの為にも、その方が宜しいかと」

勝手にコウモリの身体に入り込み、その訳も判らないとは言い訳にもならない。それで、半ば強迫じみた雌コウモリの言葉を、次郎は甘んじて受け入れた。身重の相手にしてみれば、夢のような次郎の話を半ば疑いながら信じるしかなく、その方が辛いことであろう。

「さあ、洞窟に戻りましょう」

何も聞かなかったかのように、欅の棲みかに向かって舞う次郎の耳元で、雌のコウモリはそっと囁いた。

「私の主人が戻るまで、次郎さんは私の夫です。胸を張って、その様に振る舞って下さい。御願いします」

それから二日目、雌のコウモリは一匹の子供を産み、そのまま次郎の制止も聞かず餌場へ出掛ける。

「人間の雌とは違い、コウモリはこれが当たり前です」

狩から戻って子供に授乳を終え、休む間もなく次郎の世話と、他の雌コウモリすら感心する世話女房振り。やがて、主人らしさが板に付いた次郎は、長老から多くを学び、仲間と何度も議論し、ついでに少し働いた。それも雨の日は休み、身体を鍛える競技会に汗を流す。

自由に過ごした二週間目の夕刻、次郎達はいつもの餌場へ羽虫を喰いに出掛けた。

おりしも、その下を通り掛かるのは次郎の身体である。ワイシャツの袖を捲り、ネクタイを緩め、自転車のペダルを踏む姿は、精根を使い果たした己の姿であった。

自転車を止め、疲れた眼を手で擦りながら、此方を見ている。その視線の先は、いつまでも次郎の傍に居る雌コウモリから離れず、それに気付いた雌コウモリが次郎に言った。

「あの人、私を知っているのかしら」

これまで、何度か自分の身体を空から見ていた次郎は、何と答えて良いのか少し迷った挙句、虫を追うのを止めて。

「あれは、私が入っていた身体だ。それにしても、あなたをよく見るね」

覚えなどある筈がないと雌コウモリに言われ、次郎は自分の身体に入り込んでいるものが何か気になりだした。コウモリに乗り移ってから、元の身体に戻ることを片時も忘れたことはなかったが、愚かにも自分の身体に誰かが入り込んでいるとは考えたことがない。

何と大切な点を忘れていたことか、自分の身体に入り込んでいるのが、次郎の今の身体の主だとすると、雌のコウモリを見詰める理由が判る。次郎は、そのことを雌のコウモリに伝えた。

「もしかしたら、あの中にはあなたの主人が居るのかも知れない」

それを聞いた雌のコウモリは、次郎の身体に向かって急降下を始める。すると、それまでじっとしていた次郎の身体が、それに合わせて天に向かいもがき始めた。間違いなく、次郎の身体に入っているのは、雌コウモリの夫であろう。次郎は、一匹と一人の向き合う奇妙な光景を目の前に、そう確信した。

（七）元に戻ろうか

互いに元の身体に戻ることができれば、不自然な人とコウモリの夫婦交換も幕を引く。だが、それは仕事に明け暮れる生活へ次郎が戻ることを意味する。それに比べ今の次郎の生活は、何と充実していることであろう。コウモリの主人には済まないが、このままで居られたらとも考えた。

しかし、次郎は直ぐにその思いを捨てる。それは、兵隊を捨て一人で逃げ去った隊長の小さくなった後ろ姿を、三十数年を経た今思い出したからであった。そうと決まれば、コウモリと自分の中身の入れ替えである。

確かあの時、コウモリに当たって転倒し、気を失った後で気が付くとコウモリの身体に入っていた。次郎の身体にはコウモリが入っている筈だから、もう一度衝突すれば中身の交換も出来るのではないか。多少の危険は伴うが、元に戻るには覚悟しなければならない。

そう次郎は結論を出すと洞に戻り、短い間ではあったが妻として優しく面倒を見てくれた雌のコウモリに向かい、明日に決めたその計画を話した。すると、雌のコウモリは、生まれて間もない子供を抱き寄せ、次郎の前でぶら下がり、改まった口調で別れを告げる。

「夫として私の願いを叶えてくださったあなた、人に戻りましても、この子と私の事を時には想い出して下さい。私も、あなたの事を生涯忘れません。あなたは、本当に素敵な方でした。あなたから受けた労わりの言葉、習慣の違いはあるにしろ、どんなに嬉しかったことでしょう。出来る事なら、このままあなたと暮らしたいと思い始めた矢先に、こうしてお別れしなければならない私が、どんなに辛いかお察し下さい。それでは、どうかお身体に気を付けて」

そこまで思っていてくれたのかと、次郎も涙ぐむ。本当は、次郎もそうしたかったと口に出し掛けたが、気休めは却って相手を傷付ける。そこで、ただ黙って聞いていた。

翌日、いよいよ、別れの夕刻が近付く。互いに無言で餌場に行き、虫は捕まえず上空を舞い、次郎の身体が現れるのを待つ。いつもの時間に現れた次郎の身体は、煙草をくゆらせ片手運転のまま、一つ目の角を曲がって、此方を振り向いた。

「さようなら」

言うが早く、次郎は自分の身体を目掛けて急降下し、南無三と一言呟いて体当たり。その瞬間、意識は失せて眠るよう、そのまま暗い穴を転げ落ち、眠りから覚めて息を吹き返せば、次第に浮かぶ夕闇は、水に落とした墨に似て黒雲の姿を変える。

あれは龍かそれとも蛇か、あれこれ思う余裕も生まれ、ふと見詰めた空の一角には、せわしく左右に動く黒点が一つ。その姿は確かにコウモリの妻、次郎は空に向かって声を放ち、その大きな声に驚いて、立ち上がってみれば、自分の身体に戻っていた。

「戻れたな」

嬉しさを寂しさが打ち消し、感情の伴わぬ一言。衣服に付いた泥の汚れを落とそうと、ズボンに手を当てたその先には、息の絶えたコウモリが一匹横たわっている。

「戻れなかったのか」

次郎は、小さな亡骸を手の平に載せ、上空を舞い続けていたコウモリに見せた。次郎の頭近くまで舞い降り、一度だけ円を描いた彼女は、それきり後ろを振り返ることもなく闇夜の彼方へ消えて行く。

犬の僕が猫になる日

（一）悪夢

誰も好んで仲間入りした訳ではない。母と姉二匹で飽和状態の家に、僕ら雄三匹の子犬が永住する空間は無かった。無理に席を設けて貰っても、僕らは半年もたてば成犬になり、雄と雌の本能がむき出しになる六匹の犬族に人並みの母子家庭を望む方が無理である。

想像したくもないが、母のお腹に居る時から死刑が確定していた僕らの産声は、その執行を告げる秒読みの開始になった。当然のことながら、死刑囚の僕らに名前なんかない。主人と僕らの距離により、おいこれそれと呼び方は変わった。

大した用事がある訳でもないが、名がなければ困る。三匹が横一線の時、おいと呼ばれても誰のことだか分からない。間違いを恐れず走って行けば良いが、揃って内気な僕らは前足を揃えてじっと待つ。するといきなり拳が落ち、主人が誰を呼んでいたのか痛みで分かる。

有無を言わせず僕らを服従させる主人も、妻には歯が立たなかった。いつでも彼女の言いなりである。頭を垂れて従う姿は、死刑囚の僕らに似ていた。その反動かどうかは知らないが、彼女に叱られた後の主人は、彼女が居なくなると狭い庭に僕らを集め、いつもより長くお手とお座りそれに伏せの技を厳しく教えてくれる。

将来の見えない境遇でも、僕らは不思議なほど丸々と太っていた。水溜まりに映った姿を見て、自分で言うのも変だが僕を筆頭に三匹とも愛らしい。玄関先に腰を下ろした姿を、縫いぐるみと間違えられたこともあった。

そんな僕らに情が移り、主人は妻から命令された僕らの死刑執行を実行できないでいる。それどころか、生後三ヶ月目の夜、彼女の口から再びそれが言い渡されたものの、突如、死刑囚の看守役から僕らの上官に変身し、部下を守るのは自分の責務と勇ましく、次の休日には見えぬ敵との戦い方を指導した。

結婚してから夫の反抗を一度も許さなかった妻は、いまさら例外を設ける訳にはいかない。その翌朝、勤めに出る主人を見送った後で、彼女は勝ち誇って保健所に連絡した。間もなく、消毒液の匂いが染み込んだ青い作業服の男が二人現れ、手際よく僕の兄弟二匹を連れて行く。

その時、僕は彼女の気紛れで命拾いをしたが、その日が少しばかり先に延びただけだと覚悟を決めた。だが、遊び相手の兄弟を奪われ独りで死刑執行を待つのは辛く、僕はひたすら喰うことに専念する。そのせいで更に身体は丸くなったが、眉間の皺は深く、その数は増えるばかりであった。

　それから一ヶ月後、今の主人に僕は救われる。人が頼りにする神や仏など僕には関係ないものと思っていたが、主人はそのどちらかに違いない。僕を連れ帰った日に、黒い革の首輪と細い鎖それに赤い散歩綱を購入し、後退りする僕の顔か胴か不明瞭な首に新品の首輪を付けた。

　鎖は近所の手前揃えた飾りで、僕はそれに一度も繋がれた覚えはない。そのうえ、狭いながら自由に動き回れる庭を僕に与えてくれた。土地の値段は、一万円札を隙間なく敷き詰めただけでは足りず、二枚重ねが必要な時代である。そうとは知らず、そこに穴を掘って眠り、時には堪え切れずに用を足した。それを見ても知らん振りの主人は、長い月賦を組み返済に汗を流す。

　こうした事情も、近所のおばさんから盗み聞いて知った。初めて聞いた時は勿論のこと、今でも思い出す度に目頭が熱くなる。そんな人間らしい感情も束の間、土を掘り返す感触がたまらなく好きな僕は、前足と鼻の頭を泥まみれにし、暇さえあれば大きな穴を掘った。それも、掘ったままで埋めることまで考えたことはない。けれど、後で主人が埋め戻しておいてくれるから、いつでも僕は平地から穴掘りに挑むことができた。

僕の新居は、都心まで電車で五十分余りの農地と林に囲まれた新興住宅街にある。三方の庇が仲良く接吻するほどで、夫婦喧嘩も遠慮しなければ、向こう隣の奥さんまで、朝の挨拶替わりに同情の言葉を掛けてくれた。そんなことまで、主人は何でも僕に話してくれる。

それからというもの、取り残しの柿の実を狙って騒がしく舞い降りる名も知らない小鳥にも、ブロック塀の上をゆうぜんと歩く野良猫を見ても、僕は音量を絞り話し掛けるように吠えるようにした。だが、呼鈴が誰かに押されて鳴れば話は別である。この瞬間を待っていた僕は、遠慮なく吠えた。そればかりか、恐れをなして誰も居なくなったのを承知のうえで、覚えたばかりの遠吠えを始める。すると、それは仲間を誘ってどこまでも広がった。

それも、昼間なら立派な仕事として許されるが、隣近所の寝静まる時間帯では始末が悪い。ところが、その時間帯を狙うように、ほろ酔いの男が千鳥足で僕の家の前を通る。出番を迎えて大いに張り切る僕は、鼻をラッパにすると、威嚇音を相手に浴びせ、喉の奥から凄味のある低音を放ち、ほぼ完成した遠吠えに移った。

寝入り端を叩き起こされた主人が、庭へ飛び出した時はもう遅い。僕の役目を引き継いだ仲間の遠吠えは、音色を競いながら、暗闇を走る。出番を終えた僕は、庭に出た主人の足元へ摺り寄った。

主人は、複雑な顔をしてゆっくりと腰を下ろし、右手で僕の顎を軽く持ち上げ、左手で頭を優しく撫でながら小声で話し掛ける。

「ロンや、お前の独唱だったな。それも、なかなかのものだ。また聞かせておくれ」

主人に誉められて嬉しい筈だが、僕は少し不満であった。それは、僕の夜警振りではなく、音痴の主人が僕の声音を誉めたからである。

番犬といっても、そうやたらと仕事らしきものがある訳ではない。仕事をしなくても、僕の腹だけは勝手に減る。朝と晩の二回、専用の容器に山盛りの飯を、僕は何一つ残さず奇麗に平らげてしまう。残り飯に味噌汁を掛けた寂しい時もあるが、それは主人の給料日前に限られているから耐えた。その時期さえ乗り切れば、主食のドッグフードに干した鶏ササミかビーフジャーキーが必ず付く。

育ち盛りの僕は、自分の頭と同じ量を食べても満腹を知らない。空になった金属容器を口にくわえ、玄関前に尻を落とし、家人を待つ。だが、僕がそうしていることなど誰も知らない。二杯目を諦めた僕は、戯れに自分の前足を噛み始める。骨付きの血の通った生温かい肉を唾液に濡れた体毛越しにしゃぶれば、歯先に当たる肉の塊は僕の身体でありながらそうでないものに思えた。勿論、本気で噛んだら痛いから少し加減しながら噛む。毛を舌先で舐めるように分け、前歯で皮膚のかゆみをとる案配に軽く挟み、次いで奥歯まで咥え込んで舌を回す。これを足の先からやりはじめ肘まで丹念に繰り返すと、最後には脚全体が唾液でびしょ濡れになり、それが黄金色に光って湯気を立てる。知らない人が見れば、さも美味しいそうに肉の塊を頬張っているように見える筈だ。

こうした腹の足しにはならない肉しゃぶりの真似ごとも、両前足をしゃぶり終える頃にはかなり疲れる。やがて、空腹を忘れて眠たくなる僕は、雨の日以外は腹を天に干して眠った。前足を胸元へ折り曲げて後ろ足は下がるままにするから、自然と両後ろ足は横に広がり僕の大切な所が丸出しになる。裸の人が真似たら大変みっともない格好だが、服を着る習慣がない僕は、恥ずかしいとは思わない。その心地良さと言ったら、自然に目蓋が閉じ、緩んだ口元から舌先がずり落ち、そこから流れ落ちる唾液は、僕の頬を濡らし首から背筋に届く。

僕が専有する庭の半分は、主人が無造作に植え込んだ花木が占める。その間を摺り抜け、時には間違えて踏み倒し、僕は架空の敵を追い、また追い駆けられ、勢い良く走り回った。背の低い植木が背の高い植木を囲み、丸く陣を張った奥は、僕だけが駆け抜ける秘密の通路になっている。そこに潜むと自分の身体が木陰を吸収して何倍にも大きくなり、散歩の途中で出会った白黒斑の乳牛に負けない巨大な犬になれた。

花木を植えていない庭の残りは、土が剝き出しのままになっている。そこも僕の縄張りと言いたいが、一人占めにはできない。秘密の通路から僕の胸までしかない植木の列を軽く跨ぎ、僕は家族との共有地で腹を干した。春先の柔らかな日差しに灼かれた土は、番茶を煎ったような独特の匂いを放つ。それが僕の体臭と混ざり合い、どちらのものとも分からなくなる頃、決まって僕は深い眠りに落ちた。

それは、目覚めると記憶から消えて再び寝入ると続きが始まる連続ドラマである。恐ろしく、悲しく、楽しく、辛く、そして再び恐ろしく、これを何度も繰り返した。いつも、堪えきれずに泣き出す自分の吠え声で目覚める僕は、ブルッブルッと全身を振って、悪夢を追い払う。そして、前足の上に顎を載せて伏せのポーズを取る頃には、いつもの自分に戻っていた。

（二）盗み聞き

生家の隣近所では既に飼犬は飽和状態で、雌犬を飼う家は成犬になる前に不妊手術を施す家が多い。それなのに僕らは生まれ落ちたから、いずれ川の藻屑か得体の知れない動物の餌になる運命である。そんな恐ろしい将来が待ち受けているとも知らず、僕らは小皿に盛られた餌を奪い合い、腹ごなしに姉犬の尻尾を追い掛け回した。

のんきな日々が三ヶ月余り続いたある夜、昼間遊び過ぎた僕は全身を筋肉痛に襲われ、その痛さで眼を覚ましてしまう。すると、女主人の荒々しい声が居間から聞こえる。盗み聞くつもりなど無かったが、聞き捨てならない話だから、いつもはだらしなく垂れ下げたままの両耳をこの時ばかりはピンと立てた。それから玄関の端に置かれたダンボールの巣に両前足を掛け、その間に首を差し出す窮屈な姿勢のまま音をさせないように気を配る。やがて後ろ足が疲れと痛みで震え出したが、ここが辛抱のしどころと自分を励まし、全てを聞き終えるまで我慢した。

「そろそろ、真剣にあの子犬達の処分を考えてよ。あなた」

「分かった。何とかする」

「あなたは、いつも口先だけ。ぐずぐずしている間に情が移り、ローズとサクラのように処分できなくなって仕舞うから」

何と言うことであろう。確か、姉さん犬のローズとサクラの処分がどうのこうのと聞こえた。気分次第に排泄する僕らのウンチのように、今度は僕らが捨てられるのだろうか。

「マリーが妊娠したのだって、あなたのせい。逃げだすから、柵を直すように言ったじゃないの」

僕らの母が妊娠したことまで主人の責任だと言う。

「何をいまさら馬鹿なこと。言われたとおり柵は修理した」

最初は強気に答え、最後は弱々しく主人が言い返す。すると女主人は鼻の穴を膨らませ、さらに音量を上げた。

「出ないように直してと言ったのに、柵の下に穴を掘られて逃げられたじゃないの。それでも用を足したつもり」

役立たずとまでは言わなかったが、そう続けるつもりの語尾に違いない。それから先は、女主人が主人を責めるだけになる。話の進展がなくなったところで、僕は気付かれないようにそっと前足を下ろし、ダンボール箱の底に眠る兄弟に合流した。

翌朝、庭に出た僕は女主人から見えない場所を探し、昨夜のことを姉犬ローズに告げる。

「大丈夫。あたし達をみても分かるでしょ。処分なんかされず、こうしているじゃないの。きっと、今度もぐずぐずしている間にそんな恐い話は立ち消えよ。それに、こんなに可愛いあたしでさえ貰い手がなかったのだから、あなた達は安心よ。雄でブスだから。誰が引き取るものですか」

慰められたのか馬鹿にされたのか分からないが、僕は姉の話を聞いて安心した。翌日の夕方、定刻に帰宅する真面目な主人の足音が玄関先でした途端、廊下の板を踏み抜く勢いで突進する女主人は、夫の顔を見るといきなり会社で上司が部下を叱るように言い放つ。

「どう、あんた。子犬達の貰い手は見つかったの」

ダンボール箱で横になっていた僕は、片眼で主人を見上げて女主人には分からないように同情のため息を洩らした。主人は、僕らの貰い手を探しに会社へ行ったのではない。それを知りながら、主人に何という無茶を言う。お疲れさまとか、お帰りなさいとか、他に言葉がありそうなもの。世間知らずの僕でも、その一言が大切なことぐらい学んでいた。

先日、僕らが主人のサンダルをオモチャ代わりに遊んでいた時のこと、庭の方で僕らを呼ぶ主人の声がする。妻の知らないところで、僕らのボス犬に変身する主人の方へ、僕はサンダルを口にくわえたまま尻尾を振り振り近寄った。すぐさま僕らの歯形が付いたサンダルを認めたが、主人は僕の頭を撫でながらおまえは賢い犬だと誉めて、傷ついたサンダルをありがたそうに履く。その時、僕はいたずらを深く反省し、感謝されることの気持ち良さを知った。

僕らに優しい主人が、聞けば蟻の巣のように入り組んだ都心の仕事に疲れ、それでも寄り道もせず脂汗を額に浮かべながら帰宅したというのに。女主人は主人が脱いだ背広も放り出して、自分の言いたい事だけをまくしたてた。その時、こんな女を嫁になんか貰いたくないと思ったが、話の様子では嫁さんを貰うまで生きながらえそうもない。短い僕らの生涯を振り返ると、哀れで大きな涙が一粒落ちる。

背広を黙ってハンガーに掛ける主人の背中を狙い、女主人は更に続けた。

「今週一杯で貰い手がなかったら、保健所に来て貰うから。良いわね」

そのまま黙って頷くしかない主人の様子から、いよいよ僕らの最後の日が迫ったようだ。それなのに、何も知らないでダンボール箱の底に顔を密着させて眠る僕の兄弟。この二匹は見た目も兄弟らしく白地に茶色が島を作る短毛だが、僕は全体が茶色の長毛でしかもウェーブ気味である。それに二匹と同じ釜の飯を喰いながら、僕は頭一つ身体が大きい。思うに、近くに住む大きなシェパード犬が僕の父親に間違いなかろう。

その血のせいで、僕だけがダンボール箱の縁に前足が届くようになった。それで、見たくもないものを眼にすることにもなる。あれほど冷たく振る舞っていた女主人が急変し、ワイシャツ姿の主人の細い首に背後から脚と見間違う立派な両腕を回し、僕の嫌いな猫撫で声を出す。

「ネエ、あなた。明日はお休みでしょ」

食欲、金銭欲、それに性欲まで旺盛な女主人、僕が見ているとも知らずに先程までの怒りは忘れ、その気がない夫の背中に海獣トドに似た腹をくねらせ、達磨のような頬を相手の痩せこけた頬に擦り寄せる。こうした急変にも、青息吐息の主人はああと力無く応えるしかなかった。

「うれしい。そうと決まれば今晩は精の出る食事を用意するわ」

二人は、結婚して十年が経つ。子供を望みながら果たせない二人は、子育て代わりに僕の母犬を飼い始めたのである。

子離れのしない母犬マリーは、姉達二匹を外の犬小屋に寝かせ、自分は夜になるとダンボール箱の僕らに殆ど出もしない乳を飲ませようと添い寝した。それから僕達の身体を舐めに掛かり、そうこうしているうちに自分から眠ってしまう。そんな母だが、子犬の動きには敏感に反応した。

「覗きは良くないわ」

「そうじゃないよ、母さん。僕、お腹が空いて眠れないのさ」

「あらまあ、あれ程食べたのに大食いだこと。誰に似たのかねえ」

あの大きなシェパードに似たなんて、僕の口からは言えない。

主人が会社へ行った留守の間に上下青の作業服で身を包んだ男二人が現れ、一人は女主人に指示された兄弟二匹を抱き上げ、もう一人が僕の方に手を伸ばした。

「これも処分するのですね」

作業服の男は、僕が何も知らない子犬だと思い無神経な言い方をする。姉に教えて貰い、処分は死刑のことだと知っていた僕は、前足を前に突きだし頭を下げて尻を上げ、何時でも男に飛び掛かれるように身構えた。

「そのつもりですけど」

女主人は、僕に冷たい視線を向ける。その瞬間、僕のお腹に大きな穴が開き、そこから全身の温かい血が抜け出し、コントロールを失った全身の筋肉がいたずらに動き出して奥歯が大きく鳴り始めた。

けれど、僕は唯一コントロールの利く目玉を女主人に向けて射抜くように睨む。無論、泣きたいほど恐かったが、意地でも涙は見せられない。鼻に皺を寄せ、僕は溢れそうな涙を堪えた。

「この子は、今日のところは止すわ」

移り気な女主人は、僕の威嚇を哀願と誤解したらしい。丸顔に埋まった細い眼をさらに細め、主人を拘束するのに使った太い腕で、僕を抱き上げる。

「お前は可愛いから、残してやるわ」

その時、低い鼻先を思い切り嚙んでやれば良かった。だが、その時の僕にはその勇気がなく、何も知らないで連れて行かれる兄弟を見ては、事態が飲み込めない母マリーや姉のローズとサクラ同様、ただ小声で鳴くしかない。

早いもので、兄弟が居なくなり一ヶ月が経つ。僕の遊び相手は姉犬ローズとサクラだけになった。以前のように尻尾を追い掛け回す遊びにも熱が入らない。僕は、冬の陽差しを一人占めにする、真紅の椿の花びらをぼんやりと見上げていた。

その時、着古した背広を細身に纏った中年の男が通り掛かり、突然歩みを停めてしゃがみこみ、柵越しに僕の顔を覗き見る。

「君、随分難しい顔をしているじゃないか」

名前のない僕が、君と呼び掛けられて驚く様が面白かったのか、男はさらに続けた。

「ごめん、ごめん。邪魔するつもりはなかった。何か、悩んでいるように見えてね。思わず声を掛けてしまった。それにしても君の顔は、犬にしておくにはもったいない」

椿の生け垣越しに、くたびれた茶色のカバンを小脇に抱え、季節外れの薄地の夏服を着て、皺になったネクタイをぶら下げた男は、奥に潜む女主人に気付かず、僕の返事も待たず更に話し掛けた。

「君は、お姉さん達がいるから良いじゃないか。私は、男の兄弟ばかりだからな」

僕は、僕の背後で正座していた姉犬のローズとサクラを、一瞬にして雌と見抜いた男の観察力に驚き口をポカリと開ける。そのついでに何か言おうと思ったが、人間の言葉を残念ながら話せない。

そこで、ワン、ウウ、ワンワンと犬語でそうでもないと言ってみた。すると、それが男には分かったようである。

「そうかい。それで面白くない顔をしているのだね」

理由は違うが、気落ちしていたのは確かだった。いつまた女主人の口から処分の二文字が出やしないか恐れる毎日なのに、連れていかれた子供のことなどすっかり忘れ、僕の父親を見つけると興奮してしまう母や、あの雄犬は毛並みが良いとか悪いとかだらないおしゃべりに夢中の姉達に囲まれ、すっかり僕は気が滅入っていたのである。

ようやく、庭先の見知らぬ男の話し声を聞きつけた女主人は、昼寝を邪魔された不機嫌な顔のまま、海獣トドには似合わない仕草で恐る恐る玄関のドアを開けた。そこに僕と話す細身で人の良さそうな男を認め、急に元気になった女主人は、髪に手を当てながらエプロンを外し、僕の歯形のついた主人のサンダルを無造作に履いて愛想良く庭に出る。

「あら、すいません。うちの子犬が何かご迷惑でも」

腹にも無いことをすらすらと口にしながら、女主人は生け垣の外側にいる男に近付いた。その男が、子供のために子犬を探していると洩らした途端、彼女は僕がどんなに躾が良い犬か、器量も良く本当は手放したくないとか、僕が恥ずかしくて聞いていられない言葉を並べ立てる。呆れた僕は地面に伏せて前足を組み、そこに顔を載せて、耳を倒し、丸めていた尻尾を静かに垂らした。

(三) 名を付けて貰う

翌週の日曜日、今の主人に僕は引き取られ、さっそく名を付けて貰う。

「お前をロンと呼ぶことにする」

新しい主人が玄関前で、僕らの到着を待っていた奥さんと子供達の前で宣言した。

だが、小学四年になる娘のテルミは異議を唱える。

「変な名前。それに私達の意見も聞かないで、勝手に決めるなんて良くないわ」

「そうだよ、お父さん。我輩はロンでは、小説のタイトルにもならないぞ」

最近、小説に凝り出した中学二年になる息子のテツヤがテルミに援軍を出す。けれど、子供達の有力な味方かと思っていた奥さんの反応は予想外のことである。

「ごめんなさい。お母さんからお父さんにお願いした名前なの」

意外な展開にテルミとテツヤは思わず顔を見合わせ、それから主人に抱かれた僕の奪い合いを始め、まずはテルミに花を持たせたテツヤが聞いた。

「ロンでも良いけど、何故なの」

新しい主人の妻の話は、十五年前に遡る。田舎で所帯を持った二人は、広い庭付きの小さな一軒家に住んだ。辺りには人家が一軒も無く、町で育った奥さんの強い希望で犬を飼うことになる。その時の犬の名がロンで、その後にテツヤが生まれて二年目、田舎を離れて町へ引っ越すことになったが、ロンは一緒に連れて行くことができない。それから間もなく、貰われていった先でフィラリアに罹り命を落としたロンの悲報が届く。

その当時のアパート暮らしから、再び一軒家に越した今、初代ロンのことを忘れずにいた奥さんは、二代目ロン襲名の機会を狙っていた。そこへ、僕が貰われていったという訳である。

「なるほど、それじゃ仕方ないな」

母から事情を聞いたテツヤとテルミは、声を揃えた。こうして、僕の名前は新しい家族全員に認知される。

「ロンロン、おいで」

こう僕の名前が続けて呼ばれると、僕を知らない人は妙な顔をした。ポチやコロなら間違うことはないが、ロンを犬の名前とは誰も思わない。だが、それでも構わない。僕は、家族から存在を認められたことが嬉しかった。それだけに、名も付けて貰えないまま何処かに連れ去られて処刑された兄弟のことが哀れでならない。新しい主人はもとより二人の子供と奥さんまでが、僕のことを三人目の子供のように優しくしてくれるから、尚更であった。

遊んでばかりでは申し訳なく思い、僕は夜警を始めたのだが、夜の遅い主人の部屋の明かりが消える頃、僕の眼に入るものは生垣の下から僕の様子を窺う隣のトラ猫の眼玉と空の星だけになる。どちらも一定の距離を保ち、輝くばかりで少しも面白くない。

そこで僕は玄関前に座り、家人に訴えるように吠えた。最初は遠慮しがちで次第に高く大きく、僕の気持ちが伝わるように忍耐強く続ける。間もなく根負けした奥さんが現れ、玄関の戸を開けてくれた。

僕はすいませんと奥さんに頭をちょっぴり下げ、家の中で仕事を続けさせて貰う。その場所が夜警には適当でないことは分かっているが、どうにも寂しくてたまらない。人の気配を背後に感じて安心する僕は、そこで朝まで一睡もしないでいる。それも、昼寝のおかげで一向に苦にならない。それどころか、僕がこうしていることで家族が安心して眠れると思うと嬉しくてたまらなかった。

こうして何の不自由もなく暮らし始めた僕だが、近頃何やら得体の知れないものが身体の芯に住み込んだようである。それは、心臓を羽毛で撫で回すような軽い刺激として現れ、ある時は胃袋に梅干しを投げ込みでもしたかのように振る舞う。何故だかは解らないが、何時からこうなったかは覚えている。

あの日、いつもより早めに帰宅した主人を連れ、僕は夕方の散歩に出掛けた。屋敷内では一粒の用も足さないと決めた僕は、仕事に疲れている筈なのにその振りさえ見せない主人に感謝しながら、散歩用の綱で主人をゆっくりと引いてあげる。

僕に引かれるまま、主人はいつものように胸ポケットからタバコを取り出し、おもむろに火を点けた。追い風に乗って鼻先を撫でる煙草の煙、ついでに僕も少し吸わせて貰う。それはいつも良い匂いがした。僕は後ろを振り向き、ありがとうと言えない代わりに、口元を少し締めてニヤッと笑う。いつも口を開けて舌を垂らしている、僕の心を込めた微妙な頬の変化が、主人に伝われば良いと思いながら。

貰いタバコで一服し、大人の気分になった僕は、胸を張り、歩調を早めて最初の縄張りチェックポイントへと向かう。それは、表通りに出て左折し十メートル先の電柱の根元である。誰か僕の縄張を侵したものはいないか、気掛かりでならない。昨日は無事だったものの、一昨日は荒らされて僕の匂いは消えていた。悠然と煙草を吹かす主人には申し訳ないが、表通りに出た僕は、自分の首輪で喉を絞め上げ息苦しくなるのも構わず先を急ぐ。

『やられた。またあいつの匂いがする』

同類の放った雫が滴る電柱に鼻を擦り寄せ、僕は匂いの主を想像する。

『僕があれほど念入りにマークを付けておいたのに、懲りない奴だ』

右の後足を高く上げ、僕は思い知れとばかり湯気立つ分身をタップリと放った。これで、この電柱は再び僕の領分になる。

『さあ、次のチェックポイント』

主人が綱を持っているのも忘れ、僕は勢い良く走り出した。綱は主人の指先を抜け、僕の後からズルズルと付いてくる。身軽になった僕は勢い付き、通りの左にある児童公園へ飛び込んだ。そこで次々と生け垣の根本に鼻先を突っ込み、僕の縄張に侵入した雄犬の匂いを探す。

すでに子供達の姿は公園にはなく、砂場に小さなバケツとシャベルだけが置き去りにされている。いつもなら、それを口にくわえて遊んだりもするが、興奮している今はその気にならない。吐き出す鼻息だけが荒く響き、僕は食餌時の豚と同じになった。

『甘くこうばしい、この匂いは』

公園の捜査を始めて間もなく、僕を引きつけ離そうとしない不思議な匂いを見付ける。それは、母犬マリーの匂いのようであり、姉犬ローズやサクラの匂いのようでもあるが、いずれとも微妙に違う。子供達の遊び場を避け、公園の隅の草むらにあることから、僕達雄犬の仕業でない。雄犬なら、電柱か木の根本あるいはコンクリート塀の他に放尿するほど愚かな奴はいないだろう。

「ロン、随分と熱心じゃないか」

主人に声を掛けられるまで、僕は先ほどの草むらの一点に鼻を着けたままだった。主人に顔を向けた瞬間、吸い込んだ匂いか泥のせいか解らないが、僕は続けてくしゃみを三度する。それで反射的に下腹部に力が入った僕は、これまですっかり忘れていたもう一つの大切な日課を思い出した。そこで、ようやく追い付いた主人の手を引き、僕は夕闇にとがった頭を幾つも突き出す雑木林へ急ぐ。

いつものように雑木林の中を縫う獣道に入り、そこから外れた緩やかな傾斜にある僕の背より低い青木の蔭で、主人が相撲取りの仕切りに似ていると笑う脱糞の姿勢に入った。瞬く間に日課を終え、後足で丹念に腐葉土を掛け始めた時、薄暗い獣道に沿い全身白一色の体毛で飾った小犬が、暗闇を背にしてこちらに向かってくる。その出現を鼻と目で捉えた僕は、関係の無い方角に腐葉土を勢い良く跳ばしていた後足に、静止指令を出した。それから尻を下ろし、胸を張り、顎を引き、耳を前方に向け、仕上げに尾を立てて左右に振る。

僕は、いつになく気取っていたに違いない。後ろに控えていた主人は、笑いを抑えて相手に聞こえないようにそっと言う。

「男だな、ロン」

さすがに主人、近眼で遠くの物が見えない割には勘が鋭い。僕が男らしく変身した訳を知っていた。いつもなら、行動に移る前に必ず顔を主人に向ける僕は、そうする余裕すらなかったのである。公園で僕の胸に春を呼んだ匂いが近付き、僕のすぐ目の前で止まった。僕は、自分の気持ちとは逆に一歩後退する。

「ロン、先程の元気はどうした」

折角、素敵な恋人候補が現れたというのに、僕は挨拶の仕方も知らない。恐る恐る自分の鼻先を彼女の鼻先に近付けた。僕よりひとまわり小柄で短毛の彼女は、そんな無礼にも驚かないで愛らしく尻尾の先を振って応える。

だが、それから先が進展しない。そうした僕達のやりとりを見ていた主人の前に、上下紺のスポーツウェアで身を包み、長髪を後ろで束ね、卵形の顔をした女性が、息を弾ませながら走り寄る。

「すみません。うちの娘が何かいけないことをしたでしょうか」

闇から急に飛び出した女性に僕の主人は大いに慌てたが、火の消えた煙草を口にくわえたまま、平静を装った。

「あら、すみません。私の方がいけないことをしたみたい」

主人の頬が赤く染まるのが、下から見上げる僕にも判る。それは、あの優しい奥さんにも、また仲良く遊んでくれる子供達にも見せたことのない一人の男に戻った顔であった。化粧気の無い額に汗を浮かべた、名を知らない女性の吐く息は、僕の好きなキユウリの匂いがする。その女性は、薄暗闇の中で雌犬に手際良く綱を付け、呆然とした主人に謝罪するのか、先に失礼する挨拶なのか、心くすぐる一言を残して去って行った。

「それでは、ご免なさい」

僕と主人は、楢林の獣道から去る雌達の後ろ姿が視界から消えてなくなるまで、未練たらしく見送り続ける。その夜からであろう、頬を赤らめた主人のことは知らないが、優しい家族に囲まれながら満たされない僕の小さな心臓は鼓動を早めた。

(四) 初恋

その夜は冷え込みが厳しく、僕が犬小屋で丸くなっていると主人が呼びに来る。

「寝たかい。ロン、家にお入り」

いつもなら喜び勇んで家の中へ飛び込む僕だが、その夜は優しく断った。

「調子が悪いの」

言葉と同時に主人の手が伸び、僕の鼻先に触れる。そこは適度に濡れ、僕は主人の指先をペロリと舐め返した。

「大丈夫だな。それではお休み」

主人が玄関に消えて室内が暗くなったところで、僕は小屋から這い出し門扉に近寄る。そこで、後足で立ち上がり前足を扉の取手に掛けて体重を載せ、後足を少し下げると門扉は開く。一度通りに出てから、僕は用心のために門扉を閉めようと立ち停まったが、その方法を覚えていない。

扉を閉めない後ろめたさを感じながら、僕は街灯に照らし出された夜道を歩き出す。初めての経験で少し恐いが、楢林に向かって駆けだした途端、そんなことは忘れていた。寄り道をしないで来てみると、散歩で遠くに感じたのが嘘のようで、すぐ楢林に着いてしまう。さっそく獣道に入り、彼女が残した匂いを探した。

すぐにそれを突き止めた僕は、残り香を追い楢林を出て、それから先は行ったことのない車道を進む。その直後、車のヘッドライトが目に入り、僕は何も見えなくなってしまった。身の危険を感じた僕は、主人に教えられた通り、右端に座り車をやり過ごしたが、通り過ぎた車の排気ガスで彼女の匂いを失い、仕方なく少し戻り探し直す。

その時を除けば全て順調に進み、ついに僕は彼女の家を見つけた。主人には申し訳ないが、比較にならないほど立派な門構えの家である。何処か潜り込む穴はないか、家を囲む通りを一回りしてみたが、数分掛けても無駄であった。ちなみに、僕の家はブロック塀の周囲は隣家で埋まり、塀沿いに中をゆっくり歩いたところで三十秒とは掛からない。

門を閉じる黒い鉄の扉に、僕は頭を入れてみた。頭が入れば胴は入ると主人が言ったのを思い出したのである。だが、僕の頭は意外に大きかった。耳元まで入れたところで動きが取れなくなり、万一頭が入ったとしても痩せて肉が落ちるまで、そこにじっとしていなくてはならない。仕方なく僕は、扉越しに彼女を呼んでみた。

「ワウーン」

一度目、僕は家人を起こさないようにそっと呼ぶ。広々とした庭からは、何の応答もない。二度目、もう少し音量を上げてみた。

「ウーワンッ、ウーワンッ」

羞恥心を持つ僕には、他人の家の前でこれ以上強くは吠えられない。しばらく耳を傾け、反応を待ったが無駄である。そこで、門が見渡せる通りの端まで後退し、前足に頭を載せた僕は、いつか彼女が出てくるのをじっと待つ。

門の両脇に取り付けられた蛍光灯が眠る頃、僕の目蓋は僕の意に反して重くなった。朝日に照らされ、徐々に温もり始めた舗装道路の端で眠り始めた僕は、この世には居ない兄弟と未だ健在であろう母が登場する夢を見る。

＊＊＊

父犬のシェパードを追って柵から出ようとする母は、柵下の土を懸命に掘っていた。その穴は瞬く間に広がり、母は楽々と這い出し、その後を処刑された筈の兄弟二匹が続く。不思議な事だが、冷淡であった父が母と僕の兄弟を優しく舌で舐め、四匹仲良く肩を並べて歩き去ろうとしている。僕も付いて行こうとしたが、急に穴が小さくなり、鼻先すら入らなくなってしまった。絶望のあまり、僕は穴の隙間に顔を突き入れ、思い切り吠えようとしたが、声は喉の奥に隠れたまま、いくら僕が誘っても尻込みして出てこない。その代わり、大粒の涙が視界を遮った。

＊＊＊

その涙は現実であり、道端に眠る僕の眼を覚ます。僕は、前足で顔を拭き、残った眠気を振り落とし、起き上がると全身を舐め、身支度を済ませたものの急に不安になった。彼女に会い何をどう話したら良いのか、経験の無い僕には皆目分からない。

それに、僕独りで挨拶したのでは怪しまれる。いっそのこと彼女の姿を認めたら、会わずに帰った方が良いのではないか。彼女の出現を待ち詫びながら、こうした消極的な考えが僕の心を占拠した。

その時、大谷石の門柱に両脇を挟まれた黒塗りの扉が開き、昨日の彼女が顔を見せる。朝日を全身に受けた白一色の彼女はまぶしく、寝不足の僕にはまともに見られない。けれど、下を向いていたのでは印象が悪くなると考えた僕は、視線に僕の熱い願いを載せ懸命に送り続けた。その甲斐があったのか、歩道に向かって左折し始めた彼女は歩みを停め、僕の方に顔を向ける。同時に、それまで視界に入りながら見えなかった、散歩綱の持主も立ち止まった。

昨日の長髪は結い上げられ、卵型の顔には薄く化粧が載り、真紅の口紅は彼女の若さを象徴して艶やかに光る。衿に装飾の施された白のブラウスは胸元で大きくカーブを描き、下降するとそのまま口紅と同色のミニスカートに入り込む。その下で、すんなりと伸びた脚は細く引き締まり、肌色のストッキングが優しい曲線を作り出す。

犬の僕さえ見惚れるスタイルの美人が、道向かいで正座している僕を見つけ、驚きと親しみを込めて声を掛けてきた。

「あら、昨日のワンちゃんね。ご主人、どうしたの」

主人に無断で外出した僕は後ろめたく、視線を外すと腰を上げ、いつでもその場から逃げ出せる姿勢をとる。すると、僕らの習性を知り尽くしている女性は、僕が脱走してきたこと、それに僕が彼女の飼犬に興味を持っていることをすぐに察知した。そこで、彼女も向きを変え、僕に近寄る愛犬に言葉を掛ける。

「チコ、昨日の友達よ。あなたのこと、好きなのかしら」

核心を突いた彼女の言葉に、僕は戸惑い尻尾を腹の下へ回した。

「ほら、チコ、当たったみたい」

僕は、鼻先まで近付いたチコと呼ばれる小犬を正視したいのだが、僕の主人を瞬時にして虜にした女性が更に磨きをかけ、犬の目にも毒になるミニスカートで屈み込まれては、彼女の白い太腿が露わになり、目の遣り場に困った僕は横目で挨拶をした。

『初めまして。僕はロンです』

『うふっ。変わったお名前ね。それに恥ずかしがり屋さん。私はチコ。チョコチョコ動き回るからチコなの』

意外によく喋る。僕の姉、ローズやサクラも僕が一つ言う間に、自分の言いたいことを三言は喋った。それでもチコの声は心地良く僕の耳に入りこみ、そこから心臓まで直進すると、先程から流れの速い血液をさらに煽る。僕の耳朶は真っ赤になって燃え始め、引き続きチコが何か話し掛ける口の動きは見えるが、耳に入った言葉は入り口で燃えてなくなった。火消し役の舌だけが長く伸び、その先から唾液を滴り落とす。

横を向いたまま、喉の奥から控え目な声しか出せない僕を、良家の世間知らずと見たのか、自分で帰れない能なしと見たかは知らないけれど、チコの飼主は僕をこのままにしてはおけないと考えたようである。

「チコ、お友達を連れていらっしゃい」

ミニスカートの女性は立ち上がり、チコを僕の案内役に決め、出てきたばかりの門へ引き返した。チコの招きを断る理由、それは僕にない。何の不安も抱かず、僕は胸を張り、尾をピンと立て、彼女の後に付いて屋敷の中へ堂々と入った。

犬小屋の前で、僕は朝食にチコのドッグフードを分けて貰う。それは、野菜入りの肉の缶詰であり、食べ慣れないせいか、親しみのある白いご飯が欲しくなる。チラッとチコの容器にそれがあるか覗いた。

『あら、ロンくん、足りないの』

恋する相手を前に下品な自分が情けなく、僕は頭を垂れる。

一方、僕が恋に有頂天になっているとは知らず、朝刊を取りに庭へ出た主人は、門の扉が開いているのを見つけ、すぐさま犬小屋を覗いて空の寝床を発見し、そこに手を当てて僕の体温を確かめた。

『うむ。ロンもなかなかやるな。大分前の脱走だ。それにしても何処に行ったことやら』

新聞を玄関に置き、そのまま外へ出ようとする主人に奥さんが声を掛ける。

「あなた。ひょっとして、ロンがいなくなったの」

主人の足がピタリと留まった。

「何故分かった」

振り向いた主人の顔が正面に来るのを待ち、奥さんがそれに応える。

「あなたの顔に書いてあるわ、なんて言いたいところだけど嘘。そろそろ、そんな時期かと思っただけよ」

「ロンも、そろそろだな」

「そう、ロンも、そろそろ思春期だわ」

脱走を僕の成長の証と認める夫婦の笑い声で、テツヤとテルミは目が覚めた。二階から居間へ二人とも眠い目をこすりながら下り、僕のことだと知り揃って庭へ飛び出す。そこには、主人の居ない犬小屋が大きな口を開け、繋ぐ相手の無い鎖がだらしなく地面に横たわり間抜けな姿を曝している。

脱走理由は推測できても戻っていない事実が眼の前にあり、それからが大変な騒ぎになった。通勤と通学を控え、一家総出の自転車を使ったロンの捜索が始まり、時間迄探し回ったが、よその犬を散歩させる場面に出喰わすばかり。

その夜、八時を過ぎてもロンは戻らない。すでに保健所はもとより、地元の警察署まで、ロンの捜索願を出していた。あとは交通事故に巻き込まれていないことを願うばかりである。玄関先の物音に気を配り、家族四人が無言の夕食を始めた時、音量を大きくしておいたインターホンが鳴り響く。

「ごめんください。夜分、申し訳ありません。お宅のワンちゃん、行方不明になっていません」

主人が見覚えのある美人の足元から、ロンは申し訳なさそうに顔を出し、擦れた声で小さく吠えた。

(五) 介護

あれから十五年、老犬になった僕を介護する側は手慣れたもので、両手で上から介護される僕の腰をしっかりと包み込む。そのまま、包み込んだ両手の指先で僕の下腹部を軽く押す。その下には貯蔵の限界に達した僕の膀胱があり、尻尾を上げると同時に放尿する。

屋敷から外に出て、僕の元縄張りで介護して貰わなければ、放尿も思うようにできなくなっていた。同じく、自ら排便したくても腰が曲がり後ろ足で踏ん張れなくなっていたから、腕力のある主人に抱き上げて貰い、僕の尻を水洗トイレの真上に置いて貰う。

そのままの姿勢で僕なりにいきみながら、主人の右手で僕の肛門の周辺を何度か揉んで貰うと、指先で刺激された直腸は動き出し、僕の分身は肛門を押し広げながら、顔を出し始めたかと思う間もなく水中に落下する。

猫のような小型犬ならともかく、体重が十八キロもある僕だから、介護する側の両腕に相当の筋力が必要だった。更に、片腕で僕を抱きながら、残る片手で排便を促す高い技術は、簡単に見えて誰にでも習得できるものじゃない。

人と同じように語り掛ける奥さんの話では、僕を介護する若い頃の主人は、山で丸太を相手に仕事をしていたようである。そうした腕力に覚えのある人でなければ、僕を抱えながら排便させる荒業は、思い付かなかったに違いない。当時から何十年も経ち、すっかり機能を失いかけていた主人の筋肉は、僕を介護することで蘇ったようである。

放尿や排便が自力ではできなくなったものの、僕の食欲は殆ど衰えていない。若い頃のように沢山は食べないが、シニア犬向けに開発されたドッグフードを朝と晩に貰う。当然だが、食べ残すことなどもったいなくて一度もなかった。

長いこと噛み続けた小さな僕の前歯は殆ど抜けて、今では犬歯と臼歯のみを残すだけである。けれど、頼みの臼歯は減り擦って役に立たない代物になり、硬い物や噛み砕く食べ物は苦手になっていた。

それを承知で、介護する側は歯を使う必要のないドッグフードを用意してくれる。だが、背骨の曲がった僕は、同じ姿勢で長い時間座っているのが辛く、誰かに腰を支えて貰わなければ、食事の最中に後ろ足が折れて尻餅を搗いた。

こんな介護が必要な犬になったのは、忘れもしない一年前のことである。それまでは、スタスタスタと軽快な音を立てて二階に駆け上がり、威勢良くタッタッタッと二階から駆け下りた。しかも、家人が僕を散歩に連れ出してくれるまで、放尿や排便を我慢して家の中で待つこと八時間は平気である。家人が帰宅し散歩に出掛ければ、それまで堪えた放尿を縄張りの境目毎に繰り返し、誰も通らない場所を探して排便し、それが見えなくなるまで後ろ足で泥を掛けた。家の中で我慢し続ける時間が長くなれば、僕の膀胱に溜まる尿の量も増え、それを散布する新たな縄張りが必要になる。そこで僕は、前日の散歩先より一歩でも遠くに行ったものだ。

あれは一年前の秋口のこと、どうしたことか僕は主人と散歩中に歩道から外れて畑に倒れこみ意識を失う。何が起こったのか、前足を折り畳むようにして倒れた僕に驚いた主人は、僕を腕に抱えてどうにかしようと走りだしたが数メートルで足が止まる。全身の力が抜けた僕は、鉛のように重たかった。それでも、主人は散歩用の綱を垂らしたまま、僕を必死に抱えて歩く。その姿を認めた人は哀れに思ったのであろうか、僕らを見ないように過ぎ去った。

避けて行く相手に訳を話したところで、犬の為に救急車を呼んでくれることはあるまい。そう考えた主人は、哀れみの視線を受け流しながら、近場の犬猫病院を懸命に思い出しながら歩いた。頭に浮かんだのは、別の散歩ルートで見掛けた評判の芳しくない犬猫病院である。だとしても、今は選り好みなどしていられない。決心した主人は、ようやく辿り着いた犬猫病院のドアを開けた。そこは評判の通り、待合室には客はなく受付に人の姿は見えない。

「ごめんください」

思い余った主人は、大声で受付に向かって呼んだ。

「どうした」

　不愛想な物言いで現れたのは、白衣を着込んだ獣医である。

「散歩の途中で倒れてしまい、どうしたものでしょうか」

　そう主人は、ありのままを答えた。すると獣医は、主人に抱かれた僕の閉じた目を指先で開け、僕らを直ぐ診察室に入れる。そこで、僕を金属製の冷たい診察台に乗せて、聴診器を僕の胸に当てながら言った。

「持ち直すな」

「はあ」

　いきなりのコメントに戸惑いながら、持ち直すと言われたことが嬉しかったのであろう。

「ありがとうございます」

　未だ何の処置も施さない獣医に対して、主人は頭を下げた。その後で診断結果を聞くと、軽い脳梗塞であろうとのことである。

「はあ、軽い脳梗塞でしたか。それで、治療の進め方は」

　主人は、身を乗り出して尋ねた。

「人間と同じように脳内で血の固まった箇所を調べ、それを溶かす薬を投入すれば治るが、ここではその治療はできない。何、この程度であれば、自力で治るところまでは治る」

この言い方には、さすがの主人も感情的になったが、一つ唾を飲み込んで懸命に堪えてから言葉を選ぶ。

「では、今できる処置をお願いします」

「そうする」

獣医は、肛門に体温計を挿入し、手早く採血を始めた。これが緊急処置だとすれば、定期健診のようで何とも心許ない。

その時、僕は診察台の上で意識を取り戻した。ここは何処か、僕は顔を上げて、周りを見る。知らない場所で嫌な匂いが鼻を突き、こうしてはいられないと足を動かすと、主人の声が聞こえた。

「意識が戻ったな」

「ワン」

僕は、主人の声に反応する。それから、診察台の上で何とか自力で立ち上がってから床に下ろして貰ったものの、前のようには歩けない。それでも、主人に抱かれて帰宅するのは申し訳なく、主人には横揺れする僕の身体を支えて貰い、長い時間を掛けて自宅に戻った。

翌日、当てにならない診断に呆れた主人は、診療設備の整った別の犬猫病院に僕を車に乗せて連れて行く。

「残念ですが、自力で歩くのは難しくなりますね」

患部を撮影した写真を見せながら説明する獣医は、詰まった血栓を投薬で溶かしても、新たな血栓ができる可能性が高いと言う。それに、自覚していなかったが、僕は相当の高齢犬のようである。血の固まりを取り除く手術も可能だが、その際には麻酔から覚めない可能性が高いと言われた。

「そうですか、未だ若い犬だと思っていたのですが」

十七歳の僕でも、家族にしてみれば誰よりも若い家族であることに違いない。それから僕は居間に寝床を移し、洗面所に設けた水飲み場まで自力で歩くことはできたが、師走になると水を飲むにも人手が必要な犬になった。

まさか、僕がこうなるとは夢にも思ったことがなく、最初の頃は自分の不甲斐無さを認めることができず、誰も居ない居間で悔しさに吠えたものである。

横になったままでは半身が疲れ、時々寝返りを打ちたくなるものだ。それに水を飲めば用も足したくなるから、立ち上がろうとして前足を前に後ろ足を後ろに動かしてみても、ただ空を切るばかりで、身体を起こす役には立たない。

それでも、下になった足の爪先が時々床を擦り、家人が何処に居てもカサコソカサコソと音がする。それは、家人に僕が何かを求める時の呼び鈴の代わりになった。

ところが、脳梗塞で倒れ身体の自由を失った直後のこと、何の神様かは分からないが、犬好きに違いない神様は僕に不思議な力を与えてくれたようである。ある日の昼下がり、主人にも負けず犬好きの奥さんは、玄関の上がり口の奥に置いた姿見の前に僕を寝かせ、家の中で介護される僕を慰めようとして、門扉の内側に昼寝用の床を用意した。

横になったまま、僕は姿見を覗く。すると、外に置かれた昼寝用の床の上で、僕が横になって表通りを眺めている光景が映った。それだけでなく、近くの塀の上で僕を見張る野良猫の姿も姿見に映る。それをぼんやり見ていると、送電線に停まっていたカラスが舞い降り、野良猫を塀から落とす様も映った。

そらみたことか、そう思い姿見をもう一度よく見ると、塀の上に陣取った野良猫は悠然と僕を見下ろしたまま、その位置は前と変わらない。はて、妙な幻覚を見たものだと自嘲したその時である。今度は間違いなくカラスが舞い降り、野良猫を塀から追い落とす光景が姿見に映った。どうやら、物好きの神様は玄関の内側に置かれた姿見を選び、その中に僕が見ようとする動物の未来がどうなるか、白内障に罹り殆ど視力を失った僕の網膜に見えるようにしてくれたようである。

それからと言うもの、姿見の中に未来の見える犬を自覚するようになった僕だが、介護してくれる家族には、それを伝える方法が分からない。ワンと吠えるか、横になった姿勢でカサコソ床を擦るだけでは、身近な家族に水、食餌、排泄の中から一つを選んで貰う合図にしかならなかった。

未来が見えても、中には教えたくない内容もある。主人が職場でリストラされる場面は、僕が倒れた直後に見えた。そうとは知らず、懸命に会社を盛り立てようとする主人の姿も鏡に映り、何とも辛かった。それを仮に伝えることができたら、主人はどんな対応をしたことであろう。

「いつまでも、古い鳥が先頭を飛ぶ訳にはいかないじゃないか」

そんな言葉が返ってきそうであったから、敢えて伝える努力もしなかった。だが、主人に替わって先頭を飛ぶ鳥は誰か、その鳥が仲間をどう導くか、主人に伝えることができれば、会社の未来も見えるだろう。それには、見えた結果を伝える方法を、何としても考え出さなくてはならない。

よく考えた末、僕は僕の未来を姿見の中で見付けることにした。その中で、僕の意思を誰かに伝えている姿の一つや二つ見付けることができるだろう。それには、誰か家族の手を借り立ち上がったところで、姿見まで歩かなければならない。後ろ足の調子さえ良ければ、よろけながらも室内を姿見まで歩き、自分の姿を見ることはできる。

今日の天気は晴れて体調も良い。主人を二階から呼んで、頭を起こして貰えば、そこからは自力で立つことができる。

「ワン」

遠慮しながら軽く吠えた。すぐに主人は一階に下り、足をバタつかせ、首を持ち上げようとする、僕の頭を支えてくれる。ヒョイと立ち上がった僕を見て、主人は嬉しそうである。そのまま、僕が歩き出すと声を掛けてくれた。

「やるね。水が飲みたいの」

僕は後ろを向き、主人の顔を笑いながら見上げる。

「そうか。自由にしたいようだね」

何と物分かりの良い人であろうか。この分なら、未来の見える僕との会話も間もなく実現できそうである。

(六) 話せる

姿見の中には、僕自身の姿がぼんやりと見えた。かつては濃い茶色であった顔の毛は、その大半が白髪になっている。この歳まで犬族が生き長らえるとは、僕は聞いた覚えも見たこともなかった。従い、最初はそれが自分の顔であるとは思えない。だが、少し右に動けば同じように姿見の相手も右に動くから、そこに映る姿は僕自身であることに間違いなかった。

僕は、姿見の中の白髪の犬をじっと見た。相変わらず、昼は居間でよく寝ている。宅配便の配達人がインターホンを鳴らし、その音で浅い眠りから覚めると喉の渇きを覚えたようだ。

「ワン」

遠慮しながら、一度だけ吠えている。それとは関係なく、誰も居ない居間に灯りが点いた。外が暗くなる頃、僕の為に照明のスイッチが自動的に入る仕組みになっていたのである。喉の渇きを癒そうとして、僕は必死に立ち上がろうとしていた。横になったまま足を前に出す、愚を繰り返す僕に向かい、僕は教えてあげる。

『右の前足を床に着け、それを支えにして、首を左に上げなよ』

そう念じたが、未来の僕には聞こえないようだ。少しも進歩していない僕に呆れ、自分で念じたことを忘れないよう肝に銘じる。喉の渇きに加え、膀胱も膨らみ限界を迎えようとしていた。犬用の紙オムツを着けているから、そのまま排尿しても良いが、犬の習性がそうさせない。また、栄養分を吸収した滓が直腸に集まり、緩くなった肛門を内側から押し広げようとしている。その時、玄関の鍵を開ける音がした。会社を離れ、自営業に転じた主人の早い帰宅である。

「ただいま」

僕は、洩れそうだと言いたくて言葉にならない。

「ワゥー」

何とも力なく哀願した。素早く着替えた主人は紙オムツを急いで外し、何か排泄されていないか中を確かめてから、僕を小脇に抱えて敷地の外へ出る。ぼんやり映る外の景色に安心した僕は、さっと尻尾を上げて心行くまで放尿した。その溜まりは、歩道のコンクリート上に広がり、僕の右前足も濡らす。思わず右前足を上げたが、残り三本の足ではバランスが取れない。すぐに右前足を下ろし、濡れるに任せた。

その間、主人は僕の波打つ放尿の回数を数えていた。何とも暇な人に変わったものである。険しい顔で日本全国を旅しながら、その合間に自宅へ立ち寄る会社勤務の時とは、別人のように優しい顔付きになっていた。

「六十回は最高記録だね。よく我慢した」

そんな記録より、右前足を濡らす自分の尿を嫌い、僕は自力で前に進む。その速度は、呆れる遅さである。僕の歩いて行く先を確かめて、主人は急いで家に戻り、バケツに水を満たして戻り、それを思い切り撒き、僕の放尿現場を洗い流した。

自分のことしか頭にない僕は、自分の尿から逃れ、今度は排便箇所を探している。この場面を見る限り、後始末をしながら僕を見守る主人の進歩に比べて、未来の僕は今と少しも変わっていない。結局、僕は主人に大便を揉み出して貰い、主人に抱かれて洗面台に腰を掛け、後ろ足と前足を順次洗って貰う。その前には顔を映す鏡があり、前を向いた僕と主人の目が合った。

「笑っているね」

主人の問い掛けに反応し、僕の唇が動いている。

「その通り。ここなら話せるからね」

僕は、自分の耳を疑った。未来の僕は、洗面台の鏡に向かって日本語を話している。それも、主人に対し敬語ではなく対等の口調であった。

「そこで相談だが、夕飯に色を付けて貰えないだろうか」

尿の付いた右前足を湯で洗い終えた主人は、僕の頭に顎を載せて答える。

「願いは叶えてあげたいが、お腹に悪い物は駄目だよ」

今でもそうだが、主人から秋刀魚の焼き身を少し分けて貰った翌日は、肛門の周辺が緩くなって落ち着かない。けれど、そうしたおかずに限り旨いから困る。とは言え、その日の僕の願いは、ドッグフードに載った鰹節で実現した。これなら、今の僕も時々口にするから問題はない。

洗面台の鏡の前で未来の僕が話せることを知ってから、僕は姿見の前でも話そうとした。

「…ワン」

何としても言葉にならない。どうやら、洗面台の鏡でしか話せないようである。それは、何時からの奇跡であろう。少なくとも、今は洗面台の鏡は見えても話せない。姿見に映る僕の未来に戻り、用を足した後の洗面台の場面で、その会話に殆ど聞こえない耳を傾けた。ある時、足を洗って貰う僕が笑う様子を鏡に見て、主人が声を掛ける。

「そんなに気持ちが良いかい」

「ワン…何・・とも・・言えない」

最初は詰まりながら、途中から人の言葉に変わった。その時の主人は、驚いたと言うより嬉しさに目を輝かしている。

「いつから話せる」

「たった今さ」

その今とは、主人が自営業を始め、梅の花が満開の季節であった。自営業と言えば聞こえも良いが、主人の仕事のない時には収入もなく、僕のドッグフード購入の負担も馬鹿にならない。主人が家に居る日が多かった翌月など、収入が減るから食餌の量を抑えることにした。

「どうした。どこか具合でも悪いのか」

鼻先に触り、首を傾げる主人に本当のことは言えない。食餌を半分まで平らげたところで、体重を後ろに掛けた。それが満腹の合図と承知の主人は、僕を抱き上げて水飲み場へと移動する。その時、僕の腹が正直にグーと鳴った。

「何だ、未だ腹が減っているじゃないか」

そう言いながら、向きを変えた主人は僕を餌場に戻し、僕の腰を両手で支えて食餌の続きを促す。

「遠慮するな。君の餌代に困るほど懐は淋しくないから」

それから僕は遠慮することを止め、出された食べ物は残さず腹に入れる。のんびりと冬の日々を過ごしている間に、梅の花はすっかり散った。僕と散歩する時間の増えた主人に洗面台で足を洗って貰った後で、自由になった僕は少し歩き、姿見の前で立ち止まると主人の未来を見る。

年度末まで一週間を残したある日、主人は元の会社から呼ばれて応接室に居た。目の前には経営者らしい貫禄のある人物が座り、主人の左隣には神妙な顔付きの男が座っている。突然、貫禄のある男が静寂を破った。

「できることなら、もう一度あなたの力を借りたい」

主人の目が大きく開く。

「何のことでしょう」

左隣の男を見ながら、主人は呆れた顔付きで聞き直す。

「そう言われても、無理はないことですが、会社の将来を考え、敢えて御願いしたいのです」

その時、左隣の男は主人に向かい深く頭を下げた。

「私、今月限りで会社を去ります。是非、その後を引き継いで頂きたい」

左隣の男の名は、主人が何度も家で口にしている。その男は、主人をリストラした本人であった。主人は目を瞑り、一年前のことを思い出しているようである。徐に眼を開け、ソファーから身を乗り出した。

「これほど有り難い話はありません。引き受けましょう。但し、条件が三つあります」

「どうぞ」

「権限と責任を明確にして頂きたい。責任を果たすには、人、金、物を決める権限が必要ですから」

「了解です」

「次に、組織変更を了承して頂きたい。特に、参謀は自分で決めたいと思います」

「承知しました」

「最後は、自分の任期ですが、建て直しの成果を出すまで、三年間限りとして頂きたい」

「それも了解しました」

相手は、主人の提案を全て呑む。そこで場面は変わり、僕の足を洗う今の主人の顔を見ながら、未来の主人がどうなるか教えてあげる。

「良い話だね」

主人は、未来が見える僕の神秘的な能力を知らないから、作り話として聞き流し、僕の足をタオルで拭いている。それでも構わない。もう少し時間が経てば僕の話が現実になるから、その時は信じてくれるだろう。一週間後、主人は僕が夕方の放尿を終えたところで、洗面台を見ながら僕に話し掛けた。

「君の言う通りになりそうだ。会社から電話が入り、もう一度、私の力を借りたいそうだよ」

「漸く、僕の話を信じてくれたね」

「はい。これからは君の見た未来を疑うことはありません」

その日の夕飯は、ドッグフードに炒めた挽肉が載った豪華なものである。それを僕が食べ終わるまで、主人は中腰のまま僕の腰を両手で支え続けてくれた。元の会社に復帰できたことが、余程嬉しかったようである。

（七）参謀

桜前線の進展が気になる四月に入り、主人は元の会社に復帰した。そこで早速、自営業で身に付けた無駄の無い体制作りに着手する。勿論、僕から未来を聞いてのことだから、言われた人は予想外の人員配置に驚いたが、成果はすぐに現れた。

それは、復帰予定の一週間前のことである。僕は、洗面台に座り、後ろで僕を抱える主人の顔を見て、これから営業活動で活躍する社員、表裏なく事務活動を捌く社員、主人の復帰が面白くない社員を見分けて、それを主人に教えてあげた。

「なるほどなあ。人は分からないものだ。こうして未来を教えて貰うのは有り難いが、予想外の行動には心が痛む」

「なら、教えるのを止そうか」

「その時期が来たら。ところで、私の選んだ参謀二人の活躍はどうだろう」

「知りたい」

「ああ、頼むよ」

期待に応えてくれる仲間ばかりではない。与えられた仕事を処理するだけで、表では笑顔を見せながら、陰では不平ばかり言う人もいる。僕は、主人が参謀に見込んだ二人の未来を教えた。

「なるほど、管理業務を任せた彼は、期待した通りだね。人を束ねる腕は益々冴えているようだ。ところで、営業を任せた彼は、仲間から浮いているとは意外だが、どうしたことだろう」

「それも知りたい」

「勿論だよ」

主人は、期待外れの参謀について、その経緯を知りたいと言う。少し話が長くなり、洗面台の前で主人に抱かれた姿勢では窮屈になった。けれど、僕を抱く主人の方が大変であろうから、我慢して話を続ける。

営業の責任者に選んだ人は、誰よりも人脈が広い。それを維持しながら、更に人脈を太くしようとする。幅広い人脈から仕入れた情報を基にして、素早く販促計画を頭で描いた。ここまでは主人の期待通りだが、その計画を実践する段階に問題がある。それは、自分で全ての案件を取り扱わないと満足しないことだった。

その結果は、僕が説明する必要もない。その人の成果は認めても、一緒に営業しようとする者がいなくなり、益々、単独行動に走る。だが、それには限界があり、部下を活用した組織力を上回ることはなかった。

どんな市場にも、景気の良い山と不況の谷がある。その人を参謀にしたのは、市場が山の時であった。谷の時にも期待した上での人選であったが、その人は山の成功体験から抜け出せないままである。その後は、組織的に営業する重要性に気付き、軌道修正を図っているのであろうか。

「この後も知りたいだろうね」

「勿論だよ。だが、手が痺れて堪らない。この続きは後で頼む」

そう言われて、その時初めて知った。どうやら僕は、主人の一番身近な参謀である。それから一年、主人が神様より頼る参謀として、僕は残り少ない命を注ぐことにした。僕の未来が見える能力は、会社に入った案件の見積金額や提案内容の差別化に決定的で、全く他社を寄せ付けない。僕から市場の動きを先に知った主人は、それを営業参謀に伝え、成功する条件として組織的な営業戦略を積極的に指導した。勿論、個々の案件を受注するには、営業参謀の考えを生かしながらである。

僕からの情報で結果が判っているから、全ての業務処理や営業案件が旨くいく。だが、そうなると人は努力をしないものである。主人は、洗面台で僕の足を洗いながら、社員に少しばかり苦労させる場面を僕に尋ねた。

「贅沢な話だが、仕事が旨くいかない場面を教えて貰えまいか」

「確かに贅沢な願いだ。少し待て」

僕は、その場面を姿見の中ですぐに見付ける。そのまま、主人に教えることもできたが、そもそも主人の悩みは僕が未来を教えたことだ。ここは、慎重に答えを選ばなくてはいけない。さもなければ、主人が間もなく会社から離れ、自分の夢を実現する道に入ることができなくなる。

だが、運命には何とも逆らえない。未来を姿見の中で見て洗面台の前で主人に聞かせる僕の命は、主人が期待するほど長くはなかった。それを言えば主人が淋しくなるから言えないが、主人の夢を叶えるまでの未来を伝えたところで、僕の未来の終わりに触れよう。

僕を頼らないで対処できる案件であれば、主人に敢えて教えてあげないことにした。だが、主人に頼まれてから一週間が経つ。ロンロンと、うるさく催促される頃だろう。案の定、僕の汚れた足を洗面台で洗いながら、主人が口を開いた。

「どうだい。私のお願いは」

「教えてあげても良いが、あなたが会社から離れ、自分の夢を実現する時期が遅れてしまう。それでも良いかね」

これには、主人は迷わない。

「それは困る」

「仕方あるまい。当面、決定的な局面でない限り、教えないことにするが、どうかな」

「そうだね。余りにも、僕は君を頼り過ぎたようだ」

僕の未来は、一年間を残すだけであった。来年の梅の花が咲く頃には、僕は朝日を浴びながら眠るように息を引き取る。三年間の期限付きで復帰した主人の残りは二年間だから、未来の見える参謀として一年間は支援できるものの、残り一年間は主人が自力で対処するしかない。

それが旨くいくように、この一年間で盤石な経営基盤を作っておこう。それは、得意先の拡大、安定した運転資金の確保、次期リーダーの育成、それに僕のように未来が見えない代わりに未来を読む能力であろうか。更に、もう一つ加える重要な事実がある。それは、僕が息を引き取る幾らか前に打ち明けよう。

ところで、どんなに厳しい条件を提示されても、競合相手の提案内容や見積金額が僕には見えるから、当然のことながら競争相手に負けようがなかった。

「この案件は金額も大きく、将来も安定受注が期待できるから、何とかして受注したい」

「そうだね。この案件は落としてはいけないようだ。はて、一週間先を見ると、提案書の内容は相手が上だね。客先の要望をよく聞いているから、こちらより相手の頷く回数が多い。こちらの方が見積金額は低いが、要望を反映していない味気ない今の提案では負ける」

僕は、主人に姿見で見た未来を教える。

「おかしい。以前なら、提案内容は勝り、金額で負けることが多かったのに」

「僕のせいかも知れない。未来を見てあげるから、勝つのが当たり前になり、相手の要望を聞く初歩を忘れているようだ」

「もう一度、営業の基本に戻ることだね」

「その通り。僕が未来を見て、何も言わなくて済むようにして貰いたいもの。そうならなくては、僕は安心して死ねない」

それを、主人は否定しなかった。一年を待たず得意先は二倍に膨れ、それ以上の拡大も可能であったが、要員の育成が追い付かない現状では、サービスの質を落とすだけであり、得意先の拡大は敢えて止める。また、運転資金も順調に貯まり、それを担保に銀行から資金を安定的に調達する道もできた。

心配なのは、次期リーダーの育成だけである。僕の見る未来にも、残念ながら適任者は登場してこなかった。一人の参謀は、主人に言われた路線を脱線することなく歩む。もう一人の参謀は、企画力には優れているものの部下を束ねる能力が育たない。

「どうしてだろうね」

「素足で歩いたことがないからでは」

「面白いことを言うね」

「勿論、僕は犬だから、靴など履いたことはない」

「ところで、どうして素足が良いのだろう」

「土の温もり、冷たさ、柔らかさ、硬さ、痛さを知らなければ、次の一歩が疎かになり、自然界では生けていけない」

「なるほど。旨いこと言うね」

「足の裏に土の感触を知らない人は、自然から離れたせいで他の動物の思いが分からなくなるものだ」

「こうして、足の裏を洗って貰いながらも」

「面目ない」

素足で土の上を歩こうとする社員は現れず、次期リーダーの育成を課題に正月は過ぎ、梅の蕾も膨らんだ。

足の裏も汗ばむ小春日和の昼下がり、僕は主人と家の前の陽だまりにシートを敷き、その上で日向ぼっこを楽しむ。

「ありがとう」

「何を急に」

「僕は御主人と生きて悔いはない」

「…」

「僕の命は残り僅かになった」

「…」

「実は、僕には隠し子がいる」

「…本当かね」

「脱走した頃のことだが、間違いない」

「すると、君と同じ未来を見る能力が」

「ある筈だ」

「会ってみたいな」

「恥ずかしながら、僕も」

　主人の運転で隣町の大きな屋敷の門扉の前に着いた僕は、主人に抱かれたまま風の中に我が子の匂いを探す。視力と同様に臭覚も衰えてはいたが、我が子の匂いを探すくらいは可能であろう。それに、あらかじめ姿見の中で我が子の存在を確認しておいたから、僕の声を聞き付ければ駆け寄ってくれる筈だ。

　主人に抱かれた僕は、我が子の匂いを追って力なく吠える。すると、門扉に向かい僕によく似た毛並みの塊が突進してきた。

「おお」

主人は、僕にそっくりの犬を見て感嘆の声を上げる。それを聞きつけた家人が駆け寄り、双方の飼い主が初めて顔を合わせた。

「初めまして」

門扉の外に居る主人から声を掛ける。

「もしかしたら、お宅のワンちゃん、我が家の犬の子ではないかと思いまして」

確かな自信はあったが、相手の反応を見た。

「そう言われて見れば、二匹はよく似ているようですね」

あらかじめ僕から聞いた話を嚙み締めるようにして、主人は幾らか白髪交じりの落ち着いた夫人に経緯を話す。

「そうでしたか。お宅様の話を伺いますと、十五年前に生まれたこの子の事が想い出されます。間違いなさそうですね」

夫人は門扉を開けて主人と僕を中庭へ招き入れ、僕の子が盛んに僕の体毛を舐める様子を見ながら言った。

「それでは、あなたの孫を紹介しましょう」

これには、僕と主人は驚きを隠せない。我が子までは姿見で見えたが、孫までは何処かに隠れていたのか全く見えなかった。恐る恐る近寄る僕の孫の姿は、それこそ若い頃の僕である。

しばらく、あれこれと親子で話してみた。僕らの一族は、人の言葉を洗面台の鏡の前に限って話せること、また、姿見を見れば未来を見ることも可能な一族であることなどである。

これら二つの神秘的とも言える能力を、僕の子孫は知らなかった。不思議に思い生活場所を聞いてみれば、なるほどと頷く。家の外で暮らす二匹に鏡と縁はなく、自分達の隠れた能力に気付く機会はなかったようだ。

従い、この家の人も子孫の能力を知りようもない。知らない方が互いに良いのかも知れないと思いながら、僕は我が子に自分の命が長くないことを告げ、孫にはそのことを黙って頭をペロリと舐める。

それを合図に、主人は夫人に別れを告げ、僕を抱えてその家を後にした。間もなく自宅に戻り、洗面台の鏡の前で足を洗って貰いながら、僕は主人に話す。

「僕の子孫も、人の言葉が話せる能力を知ったようだから安心して貰いたい。何か困ったことがあれば、先方の飼い主に子孫の出張をお願いし、この家に連れてくれば僕と同じように、洗面台の鏡の前で人の言葉を話し、玄関の姿見で未来も見てくれる。これで、僕はあなたの参謀役を卒業させて貰うが、良いね」

「ありがとう」

主人の言葉で僕は安心した。その翌朝、朝日を全身に受けた僕の茶色の毛は、光を反射させて黄金色に輝く。それと同時に、長いこと働き続けた僕の心臓は鼓動を止め、僕は深い眠りに就いた。

(八) 猫になる

それから三年が経った秋口のこと、僕は深い眠りから覚めたようである。同じ姿勢で寝ていた所為で、足腰が痛む。思い切り背中を弓なりにして、固まった部位を伸ばそうとした。意外なことに、あれほど固まっていた僕の背中は意のままに曲がる。それに、白内障で失っていた両目の視力も回復していた。

「どうしたのかにゃ」

ぼんやり呟いた科白は、人の言葉に違いなかったものの、何だか語尾が妙である。食卓から音もなく下り、洗面所まで静かに移動し、洗面台の鏡で全身を確かめた。そこに映っていたのは、鎖に繋がれた僕の傍を歩いて嘲笑い、悠然と塀の上を歩きながら、僕を馬鹿にしたように鳴いて見下ろした永遠の敵の姿である。

「虎猫じゃないか」

僕の発した絶望の科白は、二階でパソコンの複雑な機能に弄ばれる主人の耳に届いたようだ。

「どうした」

頭髪は薄くなり額の面積も倍増したが、耳だけは良く聞こえる主人は、階下に居る筈の奥さんに声を掛ける。

「どうしようもないわ。そう言うあなたこそ、大丈夫」

「確か、虎猫じゃないかと聞こえたような気がしたが」

「あら、トラなら水飲みに洗面台の前よ」

「なら、お前が何か言ったかい」

「いいえ」

「とうとう幻聴か」

それは僕の声ですよと言いたかったが、猫に変身したばかりの僕には、そんな余裕がなかった。洗面台の前に用意された小さな水がめに汲まれた水を心行くまで飲み、く。

三年振りの喉の渇きを癒してから、居間の壁際に置かれたまま弾く人の居ないピアノの上に飛び上がり、濡れた口の周りを前足で拭き、ついでに顔から耳先まで丹念に磨く。

「綺麗好きね」

僕のことを一緒に暮らした犬のロンだとは気が付かず、奥さんは僕に近付くと僕の頭に頬を摺り寄せる。

「ニャー」

洗面台の鏡から離れてしまった僕は、人の言葉を話せなくなって、そう応える外ない。

「それにしても、恐い顔をしているね」

そう言って、今度は僕の頭を撫でる。誉めてみたりけなしてみたり、猫に生まれ変わった僕の評価は、未だ安定していないようだ。

ところで、猫になって身軽になった僕は、介護されていた頃のストレスを発散したくなり、猫撫で声を出しながら主人の足元に絡み付き、玄関に向かって歩いた。

「出たいのだね」

「ニャーアーアン」

「そうか。猫だからな」

僕は、返事ができない代わりに玄関の扉に前足を掛ける。そして、全体重を前足に乗せて弓なりなった。

「分かった。外に出してあげるが、必ず戻ってくるのだぞ」

主人に開けて貰った扉の隙間から、僕は尻尾を真っ直ぐに立て、その先だけを小刻みに振りながら庭へ出る。それを見た主人は、僕に声を掛けた。

「そのアンテナ、役に立つと良いね」

アンテナと言われても何の事だか分からなかったが、主人に褒められた僕の気持ちは高まり、背丈の数倍はあるブロック塀を苦も無く跳ね上がる。

「羨ましい」

そう聞こえたが、尻尾を立てた僕は振り返らない。塀の上を十メートルほど進んだ僕は、何かに引き寄せられ塀から下り、道路を急ぎ足で渡ると道向かいの家とその奥の家の狭い路地に入った。そこからは、母猫の帰りを待つ弱々しい子猫の鳴き声が聞こえる。

僕は頭を下げ、いつでも逃げ出せるよう、やや腰高の姿勢ながら、それこそ猫足で忍び寄った。ところが、僕によく似た毛並みの雌猫が不意に現れ牙を剥いて威嚇する。

「シャー、シャー、シャー」

続けざまに威嚇された僕は、それに応じる術を知らず、尾を腹の下に入れて後退するしかない。そのまま雌猫が突進してこようものなら、尻尾を巻いて逃げようと準備していた。が、どうした訳か突然雌猫は威嚇するのを止めて、それこそ猫撫で声に。

「ニャーオ」

僕に近寄り、雌猫はどうしようか迷っている僕の頭を急に舐め始めた。それは何とも気持ち良く、僕はその場に伏せて、ついでに腹まで見せてしまう。すると雌猫は、僕の耳元で囁いた。

『お前が大きくなって、母さんは見違えてしまったよ。脅して、悪かったね』

どう言う神様の気紛れか分からないが、僕はこの雌猫から生まれた子猫に乗り移ってしまったようである。どうせ犬から変身させるなら、猫ではなく人に変身させてくれたら良かったのに。

『お前、何を考えているの』

腹を見せながら、目を開けたままの僕に気付き、雌猫は舐めるのを止めて聞いた。

『人に生まれ変われたら、そう思ったことはありませんか』

『お前、妙なことを言う猫になったね。それに、随分と他人行儀の言い方じゃないか』

僕は、自分の生んだ子猫と勘違いしている雌猫を失望させてはいけないと思い、それらしく振る舞うことにする。

『ごめん。人間と一緒に暮らしていたものだから、悪い癖がついて』

『そうだよ、お前。そんな悪い癖は捨てなさい』

『うん。ところで母さん、後に隠れている子猫達は』

『お前の弟と妹さ』

『僕に似ている子猫はいないね』

雌猫は、首を後ろに回して確認してから言ったものだ。

『父親が違うから』

『すると、僕の父さんは何処に』

『車に轢かれて死んだよ』

『どうして』

口にしてから後悔したが、もう遅い。雌猫は天を仰ぎ、涙を堪えて言った。

『車のライトを見てしまったの』

どうして車のライトを見ると轢かれてしまうのか、その理由を僕は知りたかったけれど、母の悲しそうな顔を見て止めにする。何れ、猫に変身した僕には、その理由が分かるだろう。

いつしか辺りは暗くなり、路地には家々の窓から蛍光灯の冷たい光が放たれ、僕は主人との約束を思い出し、母に別れを告げた。

『母さん、また来るよ』

『そうかい。それじゃ、そこまで送ろう』

雌猫とは路地を出た所で別れ、車の通る道に出た所で立ち止まり、僕は左右を確かめる。これは、犬であった頃に家人から教えて貰い、いつしか習慣になっていた。車の来ないことを確かめてから、急ぎ足で道路を渡り、駐車場の門扉の下を潜って居間の網戸に近寄り、風で揺れ動くレースのカーテン越しに室内を覗いてみる。一人で主人はソファーに座り、缶麦酒を片手に大きなテレビ画面に向かい叫んでいた。

「情けない四番バッターだな。振らなければ、当たらないじゃないか」

「あら、贔屓のチームが負けているのね。よく分からないけれど、相手チーム、その調子よ、頑張って」

網戸越しにニャンと鳴いて僕の存在を教えてあげようかと思ったが、不機嫌な主人の横顔と上機嫌な奥さんの後ろ姿を認め、暫く黙って二人の様子をみることにした。

その直後、これまで打撃が不振であった五番打者のバットから快音が響き、白球は満員の外野席に吸い込まれて行く。それを確認した打者は、二塁ベースの手前で両手を上げた。どうやら、試合は主人の贔屓チームがサヨナラ勝ちを収めたようである。

「あら、残念」

「こちらは勝利の祝い酒だな」

そう言って立ち上がり、冷えた缶麦酒を取りに行く主人の視線の先に僕の姿が映ったようだ。

「おまえ、トラが戻ったぞ」

「本当」

奥さんの声に応え、僕は網戸に爪を掛けて這い上り、特別の相手でないと見せない純白の腹を見せてやる。

「お帰り」

僕は、網戸に貼り付いたままの格好でニャーと応えた。

「おや、賢い猫だね。さあ、家にお入り」

そう言われても、網戸に差し込んだ前足の爪は簡単に抜けない。まごまごしていると、主人は笑いながら僕を網戸から引き離して家の中へ入れてくれる。その後、奥さんは僕が犬であった頃のように、僕の足裏をウェットティッシュで一つ一つ丁寧に拭いた。

テレビを消すと室内は急に静かになり、何処からか虫の音が聞こえる。

「もう秋ね」

「おや、先程と同じ人間とは思えない」

「そうよ。女は季節と共に変身するの」

「変身するのは、毎日のことじゃないか」

「それは言える」

その時、台所の方から栗を焼いた匂が漂ってきた。

「焼き栗かな」

「あら、茹で栗よ」

そう言って、奥さんは台所へ走る。栗を茹でた鍋の水がなくなり、鍋の底で栗は焼かれていた。

「おい、大丈夫か」

「ええ、栗も変身したわ」

「焼き栗に」

「そう、あなたの言う通り」

こうした二人の会話は、僕の記憶にある三年前の二人と少しも変わらない。どうやら、大きく変わってしまったのは、犬から猫に変身した僕だけである。

（九）娘に会う

キャットフードを食べ終えた僕は、ピアノの上に飛び乗り毛繕いを始めた。誰に教えられた訳ではないが、犬であった時には覚えのない習慣である。前足から後ろ足へと舐め終え、仕上げには唾で濡らした前足で耳から顔まで何度も拭いた。

腹は満ち足り、体毛も綺麗に舐め終えた僕は、前足に顎を載せて眠った振り。そうしながら、三年前に会った切りの娘犬と孫犬のことを想い出していた。二匹とも僕の能力を引き継ぎ、洗面台の鏡の前では人の言葉が話せる。それに、姿見の中に未来を見ることも可能だが、そのことに二匹とも気付いていなかった。主人には教えてあげたが、娘や孫の能力を利用したかどうかは不明である。

身軽な猫に変身した僕は、夜を待って子孫に会いに行くことにした。それまで、ひたすら眠ることにする。けれど、手を掛ける相手が欲しい奥さんは、それを許してくれない。

「夜行性の猫さん、そろそろ起きて」

そう言いながら、僕の閉じた瞼を指先で無理に開ける。

「あら、可愛らしい瞳ですね」

猫族は、昼は閉じている瞳孔が夜になると大きく開く。それに、切れ長の瞼も夜になると幾らか丸くなるようだ。それを誉められるのは嬉しいが、今夜は遊んでいる暇はない。ひょいと立ち上がり、思い切り背中を丸めた。

「何て柔らかいの」

そう言いながら、奥さんはピアノの上に座る僕を抱き寄せようとする。

「そっとしておいてやりなよ」

主人のこの一言で何とか解放された僕は、ピアノから下りて台所の隅に置いてある缶麦酒の入っていたダンボール箱に潜り込む。遠くから、お休みなさいと言われた僕は、ダンボール箱の底に丸くなって小声で応える。それが聞こえたかどうか知らないが、部屋の照明が消されて室内は暗くなった。

『こうしてはいられない』

入ったばかりの寝床から這い出した僕は、いつもより気を配って二階に上り、主人と奥さんが眠る寝室に入る。そこで、僕の身体が通り抜けられるよう幾らか開けてあるガラス戸の隙間からベランダへ出て、その囲いの上に跳ね上がり、そこから先は初めての瓦屋根に前足から音もなく下りた。瓦屋根の真上には、ハナミズキの枝先が張り出し、そこから僕が伝わる時を待っていたようである。僕は導かれるままハナミズキの樹幹に這い寄り、そこに前足と後ろ足の爪を軽く立て、ゆっくり滑りながら尻を下にして根元まで下りた。ここまでは、僕が犬であった時に猫ならばこうすると、想像していたシナリオ通りである。

『さて、先を急がなくては』

ブロック塀に跳び上がった僕は、三寸幅の猫道を行く。勿論、行き先は我が娘と孫の暮らす家である。一軒目の塀を通り越し、二軒目、三軒目と段差がある塀を走り抜けたところで、路面が道脇の照明で明るく映し出されたバス通りに出た。

『確か、この通りを左へ暫く行き、右側に大きな門扉のある家だったな』

主人の車で行ったのは三年前のことであったが、猫に生まれ変わった僕の感覚では昨日のことのようである。車道と比べて薄暗い歩道でも、猫になった僕には昼間より明るく見えるから不思議であった。急いでも猫の歩幅であるから、車で来た当時より随分と長く感じたが、家を出てから十分とは経過していない筈である。間もなく、両脇を御影石の重厚な塀で囲まれた見覚えのある大きな門扉が、バス通りの右前方に見えた。

犬の時の僕であったなら左右をよく確認してから横断した筈だが、猫になったばかりの僕には気持ちに身体が付いていかない。左右をよく確認もしないで、バス通りのセンターラインまで進んだ。そこで、気持ちは止まるつもりでも身体は止まらず、思わず対向車線へ入る。その時、僕の大きく見開いた両目に車の前照灯が飛び込んだ。一瞬にして、視界が白一色になり何にも見えなくなった僕は、迫る車の前で身動きが取れない。

もはや、僕が猫になった物語も一巻の終わりである。そう観念した僕の頭上を越えて、トラックは何事もなかったように走り去った。

すぐに視力は元に戻ったものの、腰が抜けて動けなくなってしまった僕は、前足に力を入れて身体を支え、後ろ足は引力に任せる。その様子は、振り子のようであった。続いて車体の低い車が来たなら、間違いなく頭を打ち付け、落命していたことであろう。

やがて、腰の痺れが取れた僕は、大きな門扉まで必要もないのに全力で走った。確か、猫である僕の父親は、母が車に轢かれて死んだと言ったけれど、こんな状況であったに違いない。乱れた呼吸を整えてから、僕は天に召された父親猫の冥福を祈った。

その後、僕は大きな門扉の下に尾を下げて入り込み、屋敷内に踏み入ったところで再び尾を上げる。

『娘よ、そして孫よ』

ピンと真っすぐに上げた尾の先を小刻みに振り、自分の思いが二匹に届くように念じながら、僕は犬の匂いがする方へ進んだ。外灯で照らされた邸内の車止めを通り越した先まで進むと立派な犬小屋があり、犬の匂いはピークになったが、その中に娘と孫の姿は見えない。

『家の中に入っているようだな』

そう睨んだ僕は、二階へ上り鍵の開いている窓から家の中へ侵入することにする。

そこで、屋根に枝先を伸ばしている木を探した。見上げれば、一つだけアカマツの枝先が横に張り出し、二階の屋根上まで伸びている。迷わず、僕は幹の径が三十センチメートルもあるアカマツの木肌に爪を立てて勢い良く駆け上り、屋根上に張り出した枝の根元で腰を下ろした。

『枝先から屋根に下りても、屋根から元の枝先には戻れまい』

帰りには二階の屋根から飛び降りる覚悟を決めた僕は、枝先から屋根へ音も立てずに舞い降りる。その足で、開けたままの窓を探せば、簡単に見付かった。夜風に揺れる白のレースのカーテンが外に顔を出した所で、僕はヒョイと窓枠へ飛び乗る。元に戻ろうとするカーテンに後ろから押されたが、僕は腰を下ろして動じなかった。そのままの姿勢で、風の流れに二匹の匂いを探す。

それを鼻孔に捉えた僕は、匂いを追って窓枠から洋室の床に飛び下り、開けたままのドアから中廊下を歩いて隣の部屋に入った。十畳は楽にある洋室の中央に据えてあるダブルベッドの中央には、部屋の主が眠っている。覚えのある匂いは、その横から放たれていたが、近眼の僕にはよく見えない。

ベッドの端に両前足を掛け、掛け布団の沈んだ個所を覗き見た。それは、僕の娘に間違いない。はて、驚かすことなくどうして気付いて貰おうか。僕は、自分が犬であった頃のことを思い出して、水飲み場で待つことにした。

それは二階の洗面所にあり、入り口のドアは開けたままである。床に置かれた陶器の器には、澄んだ水が天井を映していた。その時になり、急に喉の渇きを覚えた僕は、陶器の前に腰を下ろし、幾ら水を舐めても喉の渇きは消えない。

僕が水を舐める舌の音は、娘の耳に届いたようである。カサリとベッドを降りる音が聞こえて間もなく、目の前に娘が現れた。そこには、逆毛を立てることもなく、平然と犬を見詰める猫の姿がある。その猫は逃げようとはせず、洗面台の鏡の前に移動して、どうした訳か人の言葉を話し始めた。

「声を出さずによく聞いて。僕は、あなたの父親です。三年前までは、あなたと同じ犬でした。どうした訳か、今は猫になって身軽なものです。あなたの言いたいことは、この鏡の前で話してください。人の言葉になって、互いに理解できます。猫と犬のままでは、話が通じませんから、ここに来て話してください」

人の言葉を話す僕に驚いた娘は、僕の言ったことが理解できたか否かは不明だが、僕が鏡の前を去るとその後に座り話し出す。

「驚きました。まさか、猫の父親に会えるなんて、とても複雑な気持ちです」

そう言いながら、娘は自分も人の言葉が話せることに驚いていた。

「お父さん、そう呼んでいいかしら」

僕は、娘を見詰めたまま頷く。

「ありがとう、お父さん。それにしても、何故、猫に変身したの」

自分でも訳が分からない僕は、首を横に振った。

「それに、どうして人の言葉が話せるの」

まさか、小説の中だからとも言えない僕は、先程と同じように首を振る。

「訳より事実が大切よね。これから私、人の言葉が話せる犬としてデビューしようかしら」

孫犬のことが気になっていた僕は、鏡の前に割り込んで聞いてみる。

「部屋に孫の姿が見えないようだが」

「息子のことね。彼なら、二年前にイギリスに渡ったわ」

「そうか。イギリスとは遠いところのようだが、元気に暮らしているだろうか」

「ええ、ロンドン近郊で元気に暮らしているわ」

「分かるのか」

「ええ、インターネットで見るのは勿論、話すこともできるわ」

娘は、僕の知らない世界を知っていた。

「そのネットとは、どんな網かな」

僕が不思議な顔で尋ねると、娘は笑いながら教えてくれる。

「やだ、お父さん。猫や犬を捕まえる恐い網じゃないわ」

こうして、三年振りに再会した親子は、時間を忘れると同時に音量も忘れていた。

その所為で目が覚めた女主人はベッドから起き出し、洗面台の鏡の前で親しく話す猫と犬の姿を認めて。

『鏡の前で話す犬の話、本当のことだったのね』

彼女は、三年前に老いた犬から聞いた話を想い出していた。

『でも、猫まで話すとは聞いていないわ』

女主人は、童話の世界に迷い込んだ乙女のように、先程から心は躍るばかり。更に先の話が聞きたくて、薄暗い中廊下の端に佇み、一晩中小さな明かりで照らされた洗面台で展開されている、犬と猫の奇妙な舞台を黙って見守った。

「ところで、女主人と話したことはあるのかい」

「ないわ」

「それでは、お前は女主人から言葉が話せる犬だと聞いたこともないのかい」

「ないわ」

「口の堅い女性だな」

「ええ、余分なことは一切話さない人よ」

「それなら、お前が姿見の前に立つと何が見えるかも、聞いてないね」

「ええ、何も。お父さん、一体私には何が見えるの」

「未来」

「私の未来が本当に見えるの」

「そうだよ。お前の未来ばかりか、お前が見た相手の未来も全て見える」

猫の僕から神様と同じような能力があると言われた娘は、口を開けたままである。その口元が閉じるまで、僕は大きく目を開け静かに見守っていた。やがて、陶器の水を長い舌で絡めて飲んだ娘は、漸く落ち着いたようである。

「姿見は女主人の部屋にしかないの。今から見に行こうよ、お父さん」

「起こしてしまったら騒ぎだが」

「大丈夫よ、女主人は夜中に起きることはないから」

愛犬の言葉を盗み聞いた女主人は急いで寝室に戻り、いつもより念入りに布団を頭に掛けた。勿論、部屋のドアは愛犬がいつでも入れるように開けたままである。

僕は、娘の後から女主人の寝室に入った。室内は、窓から入る月光に照らされて、近眼の僕にも様子が分かる。一直線に姿見の前に座り込んだ娘の右横に座り、僕は娘と一緒に僕の主人の未来と娘が世話になっている女主人の未来を見た。

明け方まで姿見の前に居た僕は、娘の部屋から屋根に出てアカマツの枝が張り出した先まで下り、その上に飛び乗れないか思案する。その幅は、夜に見た時ほど離れていなかった。

「えい」

気合いを入れた甲斐があり、僕はアカマツの枝に余裕で上がる。そのまま幹に近付いてから向きを変え、前足の爪を幹に差し込み、一歩ずつ確実に尻から下りた。それを娘は窓際から見守り、僕が着地した時に小さくワンと吠える。それに応え、僕も二階に向かいニャンと鳴いた。

急ぎ足で家に戻った僕は、抜け出た時とは逆の順で二人が眠る寝室へ戻り、そのまま六時を過ぎた頃に主人の頭を前足でそっと撫でる。腹の減った合図だが、一度では気付いて貰えないから、主人が目覚めるまで何度も繰り返す。

「お、早いな」

起き上がった主人は階下に下り、空になった容器にキャットフードを山盛りにしてから、僕が娘の元へ出掛ける前に紙砂の中へ排泄し前足で丸めて置いたものを処理してくれる。それを水洗トイレに持ち込み、水で流す音が聞こえた。

済まないと思いながら、夜行で腹の減った僕はキャットフードを頬張る。その音は、二階の寝室に戻り、枕に頭を置いたばかりの主人に聞こえたようだ。

「朝帰りで、腹が減っているな」

僕が夜中に家を抜け出たこと、主人は知っていたようである。その主人の未来も、娘と一緒に見たばかりだが、それをどうして伝えたら良いものか。まずは、洗面台の鏡の前に座り、僕が亡くなった筈の犬の生まれ変わりだと教え、主人が未来を知りたいと言ったなら、包み隠さず伝えることにした。

その機会は、すぐにやって来る。サラリーマン生活を止めても、外出する前には必ず整髪する習慣だけは止めない主人、金属・ガラス・乾電池のゴミ出しに備え、いつもの朝より一時間は早く起きて二階から下りた。

洗面台の前に立った主人は、食事もしていないのに歯を磨き、水で洗顔してから石鹸を泡立て頬に付け、右の揉み上げの下から髭を剃り始める。

その瞬間を逃さず、僕は洗面台に飛び乗り、主人と鏡の間に割って入ったが、主人は驚くことはない。右手で僕の頭から背中まで、ゆっくり撫で下ろした。

「驚かないで下さい」

主人の右手が止まり、鏡を見詰める主人の両目が大きくなる。

「僕は、三年前に亡くなった筈の犬ロンです」

「猫に見えるが」

「間違いありません。今の姿は猫ですから」

「では、中身がロンと言うこと」

「複雑ですが、そうなります」

「それも、亡くなった筈の愛犬ロンだとするなら、人の言葉を話せるのは分かる」

「すいません」

「何、トラが謝る必要なんかない。神様の悪戯が過ぎるのさ。ところで、どうしてロンは猫に変身したの」

「僕にも分かりません。ただ、洗面台の鏡の前では話せること、それに姿見の前では未来が見える不思議な能力は引き継いでいます」

「そうか。では、何か私に言いたいことが」

「ええ」

　トラが話せる猫だと知った主人は、取り敢えずゴミ置き場に金属・ガラス・乾電池のゴミを出してくるから、詳しい話はその後でと言い、寝癖直しの液体を少なくなりながらも乱れる頭髪に振り掛け、櫛で何度も整えた。

「どうだい」

　返事を求められた僕は、幾らか言葉を選んで答える。

「三年前より、若くなりました」

「そうかい。ありがとう」

　主人はそう言ってから、台所の隅で缶麦酒の空き缶や日本酒の空瓶の入った透明なビニール袋の口を閉じ、両手に提げると玄関から出て行き、暫くしてから満足した顔で僕の前に現れた。

「待たせたね。何しろ、金属類の回収車が来るのは、燃えるゴミの回収車より一時間は早いから」

そうであっても、ゴミ回収車が来るまで時間は一時間以上もあり、そんなに急がなくても良いと思いながら、昔より幾らかせっかちになった主人に同意する。

「ところで、私の愛犬ロンから猫に変身したトラが、私に言いたいことは何だろう」

洗面台の鏡に映った僕を見ながら、主人は腕を組む。

「未来のあなたは、能力は平凡ながら、それが大衆の心を掴み、誰でもなれる小説家の例として有名になります」

主人は、思いがけない自分の未来に驚いたようである。仕事一筋で定年を迎え、小説など書いたことが一度もないから無理はない。

「驚いていますね」

「そうだよ。サラリーマンとして真面目に務め通した私が自由業の小説家になるなんて、想像したこともない」

「その内容までは分かりませんが、近い内に小説を書き始めることになります」

「まさかね」

　他人事のように言いながら、主人は人と話ができる犬や猫の話を小説にまとめたなら、題材は平凡だが意外と売れるかも知れないと思い始めた。それからというもの、僕は洗面台の鏡の前か姿見の前で主人の相手をする時間が増え、窓際で太陽光を全身に浴びて居眠りする時間が取れなくなってしまう。

「トラ、済まないね。犬から猫に変身した当時の気持ち、話して貰えまいか」

　有名になると言われたら、誰でもその気になるようだ。サラリーマン生活を引退してから初の生き甲斐を見付けた主人は、洗面台にノート型パソコンを置き、その前に置いた椅子に座ると、鏡に向かって話す僕の言葉に一つ一つ頷きながら入力していく。

「晩年、自力で立てなかった犬の僕が、外を自由に走り回り、塀に飛び乗って、木にも走って登れる猫になるとは、夢のようでした」

「そうだろうね」

「でも、空腹になると夢はすぐに覚めます。世話になったこの家の玄関前に座って鳴くと、すぐに奥さんから御飯を貰えましたが、何処の家でも貰えるとは限りません。

　結局、自由に動き回れる身になっても、この家から離れることができず、やがて主人に家の中まで入れて貰えるようになったのです。でも、僕が三年前に亡くなった愛犬だとは、二人とも気が付かなかったようですね」

「済まなかった」

僕に謝りながら、主人はパソコンの入力を止めない。

「その時、私が何を思っていたのか、話しても良いかな」

「ええ、姿見に未来の姿は見えても、心までは見えませんから」

「旨い事を言うね。その科白も、そっくり頂き」

そう言って、自分の科白までパソコンに入力してから口を開いた。

「猫の君を家に入れた時、愛犬の君には済まないと思ったが、同時に許してくれるとも思ったものだよ」

「どうして」

僕が亡くなってから三年が経ち、新しいペットを飼っても恨みようのない時期だが、その理由だけは知りたい。

「猫の君には済まないが、愛犬が猫に生まれ変わったように思っていたからね」

主人の思いが現実になった訳である。だとすれば、猫の僕が愛犬だと知った時の驚きは演技であったのか。

「心で念じていたことが現実になったから、そりゃ魂消た」

その主人、僕が頼みもしないのに書き上げたばかりの原稿を洗面台の鏡の前で読んでくれる。

『誰も好んで仲間入りした訳ではない。母と姉二匹で飽和状態の家には、僕ら雄三匹の子犬が永住する空間は無かった。無理に席を設けて貰っても、僕らは半年もたてば成犬になり、雄と雌の本能がむき出しになる六匹の犬族には、人並みの母子家庭を望む方が無理である』

そこまで読み終え、主人は鏡に映った僕の顔を見た。何か言わなければ、夕飯は貰えないかも知れない。取り敢えず、頭に浮かんだ言葉を絞り出した。

「事実ですね」

「それだけ」

「胸に迫るものがあります」

「泣かせることは無理かな」

「僕は泣きたくなります」

「他の人はどうだろう」

「犬のことですから、人は泣かないと思います」

「そうだろうな。では、続きを読むから」

主人は、最初から人を泣かせる小説が望みらしい。果たして、その通りの展開になるか、僕は小さな耳を主人に傾けて聞いた。

『想像したくもないが、母のお腹に居る時から死刑が確定していた僕らの産声は、その執行を告げる秒読みの開始になった。当然のことながら、死刑囚の僕らに名前なんかない。主人と僕らの距離により、おいこれそれと呼び方はその都度変わった』

自然に、僕の突き出た丸い目から涙が溢れ出る。その様子が主人の目に留まり、主人は原稿を読むのは止めた。

「泣かせてしまったね」

「…」

込み上げるものがあって、何とも声にならない。そのまま肩を震わせていると、主人は温かい手で僕の丸い背中を擦ってくれる。それが嬉しくて、僕の涙はいつまでも後を絶たない。やがて、主人は僕を慰めるように言った。

「楽しい物語にしようか」

「はい。この先は嘘も交え、楽しい物語にしてください」

主人は僕の意見を取り入れ、完成したばかりの原稿を見直す。嘘と言えば聞こえは良くないが、真と真の間を想像力で補う、それは事実を書くより遥かに難しい知的な作業になる。後日、主人は物語の続きを変えた。

『大した用事がある訳ではないが、名もなければ困る。三匹が横一線になれば、おいと呼ばれても誰のことだか分からない。間違いを恐れず走って行けば良いが、揃って内気な僕らは前足を揃えてじっと待つ。するといきなり拳が落ち、主人が誰を呼んでいたのか、痛みで分かる』

　これを洗面台の前で読んで貰った僕は、声を出して笑ってしまう。すると、主人は驚いて言った。

「猫も笑うのだね」

「ええ。大きな声で笑いますよ」

「ニャーとしか聞こえないが」

「そのニャーにも、喜怒哀楽があるのです」

「そうか、これも小説のネタにしよう。ところで、君は犬だったね」

　主人にそう言われ、すっかり猫に成り切っていた僕は、苦笑いするしかない。こうして、主人に取材され、書き掛けの原稿を読んで貰い、何度か繰り返す間に年末となった。大掃除を終えた主人は洗面台の前で、大掃除など何一つ手伝わない僕に言うから可笑しい。

「お疲れ様でした」

「僕は掃除機の音が嫌いで逃げて、窓際で日向ぼっこばかりでしたから、少しも疲れていません」

「正直だね。その通りだが、けじめの挨拶さ。ところで、来年は私にとって良い年になると君から聞いたが、君はどうかね」

僕は姿見で自分の未来も見ていたが、小説に夢中の主人から聞かれることもなかったから黙っていた。

「僕の未来も知りたいのですか」

「特に問題がなければ」

主人に関係のないことであれば迷うことはなかったが、主人の書いた初めての小説が有名になり、取り上げた出版社から次の作品を依頼されて引き受けたものの、書き溜めた原稿のない主人は題材に悩み、見かねた僕は主人に請われて主人と入れ替わることになるから、僕は慎重に言葉を選ぶ。

「どんな未来でも、聞いて貰えますか」

僕に念を押された主人は少し迷った挙句、覚悟を決めたようである。

「そうか。私の未来にも関係するようだね。だとしたら、是非とも知りたい」

僕は、主人と入れ替わり、二作目の小説を書くことになると告げた。

「私が君になるのか。それも良いが、元の私に戻れないとか」

「それはありません。ただし…」

「何か問題でも」

「何度か入れ替わるうちに、互いの癖が残るようになるのです」

「例えば、私が足で耳の裏を掻くとか」

「それはありませんが」

「例えば、猫の私が酒を飲むとか」

「その通りです。最初、事情を知らない奥さんは驚きますが、やがて、美味しそうに酒を舐める猫のあなたに刺身の用意まで」

「猫に刺身まで」

「いえ、猫のあなたに刺身を用意するのです」

「人間の私には」

「残念ながら、今と同じように漬物が多いようです」

主人は僕の話を聞きながら、右手で頭を掻いた。それは猫の僕と同じ癖であるから、互いに入れ替わっても疑われることはないだろう。

僕は主人を真似て、右前足で頭の上を掻いてみせる。

「この癖は、今でも同じですから」

「入れ替わっても大丈夫だね」

そう言って、僕と主人が声を合わせて笑った翌年の春、姿見で見たとおり、主人の小説は物好きな出版社の編集担当者の気紛れで採用され、主人の新しい悩みが始まった。

「次の作品を依頼されて簡単に引き受けてしまったが、何とかならないか」

「では、予定通りに僕と入れ替わりましょう」

「分かったが、どうすれば良い」

「互いの額と額を打ち当てれば良いのです」

「それなら簡単だ」

「でも、猫の額は狭いものですから、間違わないでくださいね」

「そう言われてみれば、君の額は毛だらけで、頭部との境が分からない」

「僕が前足で指した所に額を打ち当てて」

こうして、あっと言う間に主人と僕は洗面台の前で入れ替わった。すると、僕の目の前には今まで見えなかった新しい空間が広がる。感動した僕は、猫になって僕を見上げる主人に言った。

「猫、何て小さな動物でしょう」

「おいおい、上から見下ろすなよ」

「すいません。世話になりながら」

「いや、これからは私が君に世話して貰う」

「そうですね。僕が世話になったようにキャットフードを忘れずに用意して、排泄物も溜めないでトイレに流さなくてはいけませんね」

「それは簡単なことだが、それより新しい小説の方は大丈夫だろうね」

「任せてください」

「で、どんな小説を考えているのかな」

初めての小説に題材を出し切った主人の頭には、物好きな出版社が期待する次の作品のアイデアなど微塵もないようである。

「ハードワーク」

「懸命に働く意味の」

「そうです。家庭を顧みず猛烈に働いた挙句、家族に捨てられ高級な老人ホームに入ったものの、ハードワークの職員に物として扱われ淋しく人生の幕を閉じる。その直前に現れた野良猫、つまり僕に癒されて人生の幕を閉じるハードワークのサラリーマン悲話ですが」

「それは面白い。で、誰をモデルに」

「勿論、あなたです」

「私ではモデルにならないだろう」

「そうですね。犬であった僕と戯れるのが好きな人でしたから、ハードワークのモデルには向きませんが、そうであったならどんな思いであったのか、僕に参考意見を言って貰えれば、あとは僕が想像します」

「そうか。君には姿見に映った人の未来も見えるから、ハードワークを通した仲間も連れてくるよ」

主人の頭には、誰か該当する人があるようだ。それを探す儀式にするのか、右前足を舐めた主人は濡らした足で顔を拭く。

「猫の仕草、早くも身に付いたようですね」

僕が誉めると、今度は右前足で左前足を押さえ、右前足の上に頭を載せる。そのまま身体を曲げて、後ろ右足の上に頭を移動してから、徐に尻の周辺を舐め始めた。

「それは感心しません」

僕がそう言うと、主人は始めたばかりの作業を中断する。

「身体の柔らかな猫になったら、是非とも真似してみたかったが、尻は下から水で自動に洗うウォッシュレットの方が良い」

こんな主人の感想に対し、普段から尻を綺麗に舐めていた僕は苦笑した。その時、居間の方から主人を呼ぶ奥さんの声が聞こえる。

「あなた、トラと鏡の前で遊んでばかりいないで、買い物に行きましょう」

猫に変身したことを忘れた主人は洗面台から飛び降り、奥さんの待つ居間に向かう。

「ごめんね。あなたは留守番なの」

声を掛けておきながら、留守番とは失礼な妻である。ここは間を置かず、文句を言わなければならない。

「ニャーオー」

「あら、あなたも出掛けたいの。でも、だめよ、だめ、だめ」

その時、僕は主人らしく胸を張り、居間のドアをゆっくり開けた。

「どうした。トラも連れて行けば良いじゃないか」

「駄目よ。食事をしてから買い物するから。トラは、長いこと車の中で待たせておくことになるわ」

「なら、僕は行かない」

「あなた、今、僕って言わなかった」

主人に変身したものの、僕から私の言葉の切り替えは未だ不十分である。

「空耳だろう」

「そうよね。あなたが僕と言ったことなんか一度もないから。でも、どうして行かないなんて言うの。何だか、今日のあなたは変だわ」

猫の僕が主人に入れ替わったばかりであるから、奥さんの勘は冴えている。この機会に主人と僕が入れ替わったことを打ち明けてしまう手もあるが、信じ難い現実を前にして奥さんの心が乱れてはいけないから、この時は止めにした。それに、変身を打ち明けるのは、僕と入れ替わることを望んだ、主人の意見を聞いてからでも遅くない。

僕は、型式が古くなり過ぎ下取りに出しても一円の価値もないと主人に教えられた、大衆車の運転席で身支度の遅い奥さんを待った。

「ごめんなさい」

そう口にしながら、奥さんは詫びる様子など少しも見せない。

「どう致しまして」

内心呆れながら、僕はたまにおどける主人を真似た。

「あら、今日は渋い顔をしていないのね」

「とんでもない。車の運転が楽しみで」

調子に乗った僕は、腹にもないことを言う。

「やはり、今日のあなたは変だわ」

いつもなら、奥さんに催促されて仕方なく運転する主人であったから、運転が楽しみだと聞いた奥さんは首を傾げた。

「そんなことはないさ。人は、日々進歩すると言うじゃないか」

「あなた、良い事を言うわね。本当に人が変わったみたい」

助手席に座った奥さんは、僕の横顔を疑い深く覗き込む。こうして、どんなに細部を探られても、主人の身体に嘘はないから何も問題はないが、食事でもしながら二人が出会った頃の話でも始められたら、そこまでの情報は何も知らないから答えようがない。

その時は覚悟を決めて、奥さんの心を乱さないよう静かに低い声でゆっくり、僕は奥さんの膝の上でよく寝るトラですと打ち明けることにする。また、あなたの主人はトラになり、誰にも邪魔されない窓辺でうたた寝を楽しんでいる頃だと教えてあげよう。

年金暮らしの慎ましい生活も、年金が振り込まれた直後は幾らか気持ちに余裕もできる。どうした訳か、フランス料理が食べたいと奥さんは言い出して、運転手の僕は予め道順を調べた奥さんの指示に従った。車のハンドルを操りながら、僕は初めて口にするフランス料理を想像する。奥さんと一緒にテレビで何度か観たことはあったが、口にしたことなど一度もないから味は分からないが、安い材料で量産されるキャットフードとは比べものにならないほど美味い筈だ。想像しただけで涎が流れ、僕は運転中にも拘わらず長い舌で唇をペロリと舐める。

「あら、その仕草、トラのようね」

言い当てられた僕は、主人に済まないと思いながらも覚悟を決め、ハンドルをしっかり握り、よく前を見ながら打ち明けることにした。

「よく聞いてください。僕は、主人と入れ替わったトラです」

「やはり」

奥さんは、少しも驚いた様子を見せない。

「分かりましたか」

「ええ、私の目は誤魔化せないわ」

「すいません」

「謝ることなんかないわ。それより、とても不思議ね。それに、素敵じゃない」

こうもあっさり認めてくれるとは、心配していた僕の方が驚いてしまった。車を左に寄せて、ハザードランプを点けてから停車する。

「最初から、正直に打ち明けるべきでした」

「いいのよ。それより、私にも変身する方法を教えて」

僕を見る奥さんの目は本気であったから、誤魔化す訳にはいかない。ただ、変身の件は主人と相談する必要がある。

「家に戻り、御主人を交えて相談しましょう」

「そうね。では、トラの主人とフランス料理を食べ、トラの主人と買い物してから、トラになった主人と家で相談ね」

秘密を打ち明けて気が晴れた所為か、僕の腹の虫が大きく鳴った。

「あら、あら、急ぎましょう」

「はい」

僕は、車を走行車線に戻し、心置きなくアクセルを踏む。それを受けて、型式の古い車は昔を想い出したのか、これまで温存していた能力を発揮して、瞬く間にスピードを上げた。

「あら、家の車、こんなに力強く走れたのね」

「すいません」

「謝ることなんかないわ。トラ、あなたは主人より運転が上手い」

「そうですか。最初は運転の仕方が分からず、主人の身体が覚えている範囲で運転していましたが、運転の要領を覚えてから僕の感覚に切り替えてみたのです」

「そうみたいね。見通せる所では全速力で突進し、曲がり角では後ろ足で減速する元気なトラを想い出したわ」

「そうでしたか。どうしても猫の習性は現れてしまうようですね。それが、レストランで現れたらどうしましょう」

「大丈夫。私の真似をすれば良いわ」

箸やナイフを器用に使う人間と異なり、僕達猫族は前足で獲物を押さえて喰い付く。主人の身体が食事のマナーを全て習得していたなら、それに従えば問題はないが、フランス料理の話など主人から聞いたことがなく、ここは奥さんの言葉を信頼するほかなかった。

やがて、猫の癖を出すこともなく、フランス料理を無事に食べ終えた僕は、その足で奥さんの買い物のお供をする。立ち寄ったデパートの売り場には、客より店員の方が多い。

「落ち着いて見ていられないな」

主人の話し方を真似ると、奥さんが笑いながら言った。

「私は平気よ。色々な品物を出してくれるから便利だわ」

「お前がそう言うなら付き合うか」

「お願いします。その代わり、ペットショップにも寄ってあげるわ」

その意味が分からなかったが、僕は取り敢えず頭を下げる。それから、何点か購入した奥さんの衣類が入った袋を抱え、二人はペットショップの階に移動した。そこには、犬と猫の子供が数匹、小さな籠の中で眠っている。僕が籠に近付くと、子猫が目を覚まして立ち上がり、差し出した僕の指先に前足を掛けた。

「痛いぞ」

爪の出し方を知らない全身が灰色で短毛の子猫は、僕の声に驚いて尻餅を搗く。

「驚かせて、ごめんよ」

僕は謝りながら、指先で子猫の首元を撫でてあげる。すると、子猫は仰向けになって肌色の腹を見せた。

「あなた、子猫の扱いが旨いのね」

そう言いながら、奥さんはくすりと笑う。主人の身体を借りた猫の僕が、子猫をあやす姿は微笑ましかったに違いない。その時、後ろの籠に居る子犬が、僕の興味を引こうとして小さく吠えた。猫に変身する前は犬であった僕だから、子猫の籠を未練なく離れ、当たり前のように近寄って行く。それが、奥さんには奇異に思えたようである。

「あなた、子犬にも興味があったの」

猫に変身する前の僕は、奥さんに愛された犬ロンであったこと、未だ打ち明けていなかったから、奥さんに半ば呆れた言い方をされても仕方ない。そこで、僕は奥さんの顔を見ながら、店員に聞かれないよう小さな声で打ち明けた。

「僕は、主人に変身する前は猫のトラでしたが、トラに変身する前は、奥さんに可愛がって貰った犬のロンでした」

二つ前の変身を告白されて、流石の奥さんも驚いたようである。顔から笑みが消え、僕の肩に手を掛けると、声を震わせて言った。

「あなたが三年前に亡くなったロンだとしたら、…こんなに、…こんなに嬉しいことはないわ」

僕がトラと分かった時には驚く様子もなかったのに、僕がロンだと分かると奥さんは平静では居られなくなったようである。その時、僕達二人の様子を遠くから見ていたエプロン姿の女店員が近寄り、声を掛けてきた。

「どうかなさいましたか」

本当のことは話せないから、僕は主人になったつもりで答えた。

「子猫に子犬、買い手がなかったら可愛そうですね」

「はい。このまま置いて飼う訳にもいきませんから、いずれ処分することに」

どこかで聞いた覚えのある、胸に突き刺さる科白である。今の奥さんに世話になっていなければ、僕に当てはまった。何とかしたいと思いながら、世話になる身の僕では何ともできない。買い物袋を持ち直した僕は、奥さんに場所を変えようと目で合図した。すると、奥さんは留守番のトラに変身した主人に高齢猫向けのキャットフードを探し当て、僕に聞く。

「これで大丈夫かしら」

「お前、トラは未だ若い猫だよ」

主人の年齢で猫の餌を選んでしまった奥さんは、勘違いをすぐに認めて若い猫向けキャットフードに替えた。

「随分と素直になったじゃないか」

僕が主人の口調で言うと、奥さんも変身したかのようである。

「ええ、あなたの中身は私がとても愛したロンですから。そのロンに言われたことなら、素直になれるの」

未だロンに恋する奥さんを知り、僕は複雑な気持ちになった。主人とはトラとして約束した小説を書き上げなければならず、奥さんとは青春時代を共に過ごした恋人として付き合う必要がある。果たして、そんな器用な使い分けが、そもそも犬の僕にできるだろうか。

僕は、あれこれ悩みながらも、左右に気を配るのは勿論、後続の車にはバックミラーで車間距離を確かめ、制限速度を徹底する安全運転で帰宅した。助手席に座った奥さんは、僕の横顔を熱い眼差しで見詰めたままである。

「着きました」

「あら、残念ね」

浮かれた顔で車から降りた奥さんは、玄関を開けるとトラに変身した主人に聞こえるように言った。

「ただいま、トラ」

いつもなら、家人の声を聞き付けると玄関まで出迎えに現れるトラであったが、その気配がない。

「おかしいな」

僕に変身した主人は、僕のように人に媚びる習性はないから、居間でのんびりとテレビでも観ていることであろう。そう思いながらも、主人の身体を借りた僕は、つい主人の立場で物を言ってしまった。

「あなた、すっかり主人に成り切ってしまったわね」

「そうですか」

「あら、トラに戻ったみたい」

そう言って、奥さんは笑う。だが、主人と僕が入れ替わったこと、奥さんに打ち明けてしまった僕は主人に申し訳なく、俯き加減で居間の戸を押し開けた。想像した通り、トラに変身した主人は、ソファーに座って相撲中継を観ている。それも千秋楽の優勝が掛かった一番であったから、ニャンと鳴いた切りで振り向こうともしない。これも想像の範囲であったから驚かないが、テーブルの上に置いてある麦酒の缶を見て、奥さんが驚いた。

「あなた、まさか、麦酒を飲んでいらっしゃる」

主人に飲んでいらっしゃるは、猫の僕が聞いても可笑しかったが、猫のトラをあなたと呼ぶには早過ぎる。このまま話が進めば、奥さんと僕が交わした会話を知らない主人が戸惑うに違いない。僕は、主人を洗面台に呼んで、手短に事情を打ち明けた。

「僕と主人が入れ替わったこと、僕から奥さんに話しています」

「なるほど。それでは元に戻るか」

洗面台から戻った僕は、元のトラになったから押し黙り、主人は自分の身体に戻り手が自由になったところで缶麦酒を手にした。

「あら、猫は麦酒を飲めるの」

「少しだけ」

主人は、トラを真似て答える。

「そうよね。でも、沢山飲んだら大虎になるかしら」

「いや、私は沢山飲まなくてもトラになれます」

奥さんは、この一言で主人が元の身体に戻ったことを悟った。

「あなたは、家でゆっくりできたでしょう」

「ばれたか」

「ええ。あなたになろうとして、トラは必死だったわ」

奥さんは、僕の頭を両手で撫でる。途中、目元で固まった目脂をティッシュペーパーで綺麗に拭き取った。すると、僕の視界は急に広くなる。

「ニャー」

小さく鳴いて礼を言ってから、僕は二階の用足し場に移動した。どうやら主人は、猫の用足しの要領が分からなかったのか、僕の分身を目一杯溜め置いたようである。

居間から出る間際に後ろを振り向くと、主人が手を合わせているのが見えた。

「すまない。狭い砂場の用足しは慣れなくて」

「あら、私がトラに変身したら砂場に尻を着けて、思い切り用を足してみたいわ」

二人の声は、二階のトイレに置かれた猫用トイレで放尿中の僕の耳へ届く。

(十) 恋人と娘に会う

用を足した僕は位置を変え、僕の分身を紙で作られた大粒の砂で丁寧に覆った。途中、足指に紙砂が挟まり、廊下を歩く時に何個か落とし、階段を駆け下りた時にも何個か落とす。それを一つ一つ拾うのは、いつも決まって主人であったが。

「私が寝た切りになったら、同じように面倒見てくれるかしら」

「当たり前じゃないか。それより、私が寝た切りになったら、下の始末はしてくれるかい」

「ええ、紙砂くらい足してあげるわよ。それに、私もトラに変身したら使ってみたいの」

「そうか、お前もトラに変身したいのか」

そう言った後、主人は僕を呼んで姿見の前に行く。

「カミさんがトラになった未来を教えてくれないか」

そう主人に言われ、僕は奥さんが僕に変身した未来を懸命に探した。

「そんな未来はありません」

僕は、洗面台の前で奥さんが僕に変身する未来はないと告げる。

「そうか。それでは、カミさんには申し訳ないが、トラに変身するのは諦めて貰うよ」

ところが、それで納得する奥さんではなかった。

「あなたは自分でトラに変身して満足したものだから、私には同じ真似をさせたくないのでしょう」

「そんなことはないさ。ただ、トラに変身したお前の未来が見えなかったものだから」

「どう言うこと。あなたには私の未来が見えるの」

口を滑らせた主人だが、今更否定はできない。

「私には未来など見えないが、トラには未来が見える」

「そうなの。私がトラに変身したら、私にも未来が見えるようになるのね」

これほど嬉しそうな奥さんの顔、僕は一度も見たことがなかった。それは主人も同じで、もはや奥さんがトラに変身することは止められそうもない。

「ねえ、どうしたらトラに変身できるの」

そう問われた主人は、僕を洗面台に呼ぶ。

「妻は君に変身したいようだが、その方法を教えても良いかな」

反対する資格など、僕にはありようがない。

「いいですよ。でも、あなたの奥さんに僕が変身して、あなたは大丈夫ですか」

主人は、ニンマリと笑った。

「トラだと承知しているから、問題ないさ」

それから間もなく、僕は奥さんと額を突き合わせて奥さんに変身する。奥さんは僕に変身して、主人に玄関の戸を開けさせると庭にある枇杷の木の梢まで一気に這い登った。

「絶景かな、ああ、絶景かな」

そう奥さんは言ったつもりだが、僕にはニャーニャーニャー、ニャア、ニャーニャーとしか聞こえない。それでも、身軽になった奥さんの気持ちは分かる。ただ、これまで姿見の中で奥さんが猫に変身する場面など見たことがなかったから、僕は何となく不安になった。そこで、僕は奥さんの姿で姿見の前に座って奥さんの未来を覗き、その後で主人を洗面台に誘い、姿見で見た奥さんの最新の未来を教えてあげる。

「あなたを日本に一人残して英国に渡り、僕の孫が暮らす町で第二の人生を謳歌していました」

「あり得る」

「その頃、僕はこの世にいません」

「そうだろうな」

そう言ってから、淋しそうに俯く主人に言った。

「大丈夫ですよ。娘の話では、英国に渡った孫犬の弟が傍に暮らしている筈ですから、散歩の途中で会うことに」

「そうか。君と出会った時と同じことが起こるのか」

「不思議なものですね」

「だが、君が居ない未来は淋しい」

「僕も猫に変身したばかりですから、この世から居なくなるとは思いませんでした」

「これまで、その場面を姿見で見たことはなかったのかね」

「ええ、今日、初めて見ました」

「そうか。何かが未来を変えたようだな」

「もしかして」

「そう、カミさんがトラに変身したからに違いない」

そんな未来を元に戻すには、トラに変身した奥さんを元の奥さんに戻す必要がある。だが、身軽になって木に登り、何もしないで眠っているかと思えば、御飯時に眼を覚ます、気楽な生活を簡単に諦めてくれるだろうか。その役目は、奥さんに変身した僕しかない。奥さんが愛したロンの言うことなら、すぐに聞いてくれる筈である。

「奥さんに訳を話し、元に戻りましょうと僕からお願いしてみます」

「それが良い。あれほど元気に走り回る猫になった妻に、元の姿に戻れと言ったところで、私の言うことなど聞いてくれないからな」

奥さんと話をするには、洗面台の鏡の前まで僕に変身した奥さんを連れてくる必要があり、それには奥さんを引き寄せる餌が必要であった。

「奥さんの好物を買ってきて貰えますか」

「分かった。チョコレートケーキなら、臭いを嗅ぎつけ何処からでも間違いなく戻るだろうよ」

主人は、そう言ってすぐに車を運転して奥さんがよく立ち寄るケーキ屋さんに向かう。その間、僕は姿見の前に行き、猫に変身した奥さんが元に戻る瞬間を探した。

主人の言う通り、チョコレートケーキの匂いに誘われ、家に戻った奥さんを洗面台の前に連れて行き、鏡の前でチョコレートケーキに小さな牙を立てる奥さんに向かい、奥さんが元に戻らないと未来が変わり、主人の小説は犬愛好家からも見捨てられて売れなくなって、派手になった生活で借金に苦しむばかりか、僕もこの世から消えてしまうと告げる。

すると、驚いた奥さんはすぐ元に戻りましょうと僕に言った。間もなく未来は以前のように進み、元の姿に戻った奥さんは洗面台の前に主人とトラに戻った僕を呼ぶ。

「何もかも、二人だけで事を進めるからいけないのよ。まだ隠していることがあったら、この場で私にも話して」

「私には隠し事などないさ」

「僕にもありません」

「本当に本当なの」

奥さんの言葉の勢いに押され、僕は白状した。

「いえ、僕にはあります」

「やはりね」

僕は、頷く主人の顔を見てから言う。

「僕には娘と孫が居ます」

「あらまあ、隅に置けないわね。あなたは会ったことがあるの」

「いや」

「なら、これから皆で会いに行きましょう」

「賛成だが、その前に姿見の前でトラに娘の所在を確かめて貰ってからさ」

出掛けても相手が留守では無駄になるから、主人の提案は的を射ている。皆ですぐに移動して、姿見の中に映った二人と一匹の未来に僕の娘の姿を探した。夕方の散歩を控え、娘は女主人と出掛ける支度をしている。その前に先方に着けば、間違いなく僕の娘に会える筈だ。

僕は洗面台の前で今なら散歩に出掛ける前で娘が居ることと、娘が暮らしている家までの道順を二人に話す。すると、主人は僕を奥さんに抱かせて運転席に座り、勢いよく車を発進した。

「あら、急に運転が上手になったわね。トラに身体を貸した所為かしら」

そう言って、奥さんは僕の頭を撫でる。

「なるほど、そうかも知れないな」

僕の方は、奥さんに身体を貸した所為で全身が重くて堪らない。そう言おうとしたが、ニャンとしか言えなかった。数分後、主人は以前に訪問したことも忘れ、門構えも立派な邸宅に車を乗り入れて停車する。

「これは凄い屋敷だ」

「ええ。これほど立派な屋敷が近所にあったなんて信じられない。映画の中みたいね」

「それはそうだが、のんびりしていられないぞ」

「そうよ。私の愛した犬、ロンの娘に会わなくては」

奥さんは、猫の僕を腕に抱いたまま玄関先に立ち、チャイムを鳴らした。すると、それを承知して待ち構えていたように、天井まで届く大きな木製ドアが静かに開く。

「どちら様でしょう」

開いた隙間から優しくそう問われ、奥さんは僕を抱いたまま答えた。

「決して怪しい者ではありません」

これには、後ろに控えていた主人も手で口を押さえてしまう。怪しいか、怪しくないか、それは先方の判断することで、自ら宣言する科白ではない。それを、堂々と怪しくないと言ってのけるのが可笑しかった。

「どんな御用向きでしょう」

奥さんの自己主張が認められ、悪い人ではないことが分かったようで、話は次の段階に進む。

「お宅で飼われているワンちゃんに会わせて貰い、確認したいことがありますの」

猫を抱えて犬に会いたいとは、妙な事を言う人だと思った女主人は、このまま追い返しても構わなかったが、恨まれたら厄介なことになりそうだと思い直し、一旦ドアを閉め、防犯チェーンを外してから、大きくドアを開けて僕達を招き入れてくれた。

「どうぞ、お入りください」

「それでは遠慮なく」

言葉通り、僕を抱えた奥さんは玄関に入り、吹き抜けの高い天井を見上げる。

「何て高い天井なの」

奥さんの言葉は、見た通りで飾りがない。それが、女主人には好感を持たれたようである。

「窓掃除ができなくて困りものです」

「そうよね。長い梯子を掛けないと高い窓の掃除は無理みたい」

いつの間にか、奥さんの言葉は親しい茶飲み友達のそれに変わり、主人を玄関の外に待たせていることなど忘れていた。

「ところで、お連れの方は」

「あら、何処に忘れたのかしら」

その物言いは、額に上げたまま忘れて探す眼鏡と同じであった。

「ニャン」

一声鳴いてから、僕は頭を後ろに向けて教えてあげる。

「あら、そうだったわね。あなた、遠慮しないで」

それを聞いた女主人は、首を少し傾げて言った。

「外の方は、どなたですか」

「うちの主人です」

「あら、そうでしたか」

そう言って笑いを堪えた女主人は、玄関のドアを再び開ける。

「失礼しました。どうぞお入りください」

僕の主人は、女主人に見覚えがあった。

「随分前にお会いしました」

そう主人が言うと、女主人も想い出したようである。

「確か、お宅までワンちゃんを連れて行きましたね」

「はい。その際はお世話になりまして」

当時、家の中に居た奥さんは、自分の亭主と急に親しく話し始めた女主人とは会っていなかった。

「あら、迷子になったロンを連れて帰ってくれたのは、あなたでしたか」

「ええ、そうです。それから何年も経ちましたが、ロン君は」

奥さんに抱かれた僕を見て、女主人は話を途中で止めたが、昔の僕を案じてくれたことが嬉しくて、僕はニャーと鳴いた。

「あら、猫さんが答えてくれたわね。あなたのお名前は」

「トラと言います」

僕が答える前に奥さんが答える。

「まあ、勇敢なお名前ね」

「ええ、それにとても賢いのですよ」

「あら、何か特技でも」

「ええ、洗面台の鏡の前では、人の言葉が話せるの」

そう答えてから、奥さんは右手を口にやったがもう遅い。

「あらまあ、トラさん、お話ができるの」

既に承知の女主人は驚かなかったが、慌てた奥さんに合わせて驚いて見せた。すると、知らないことを教えたい誘惑に負け、奥さんは次の秘密も打ち明ける。

「そうなの。それにそればかりではないのよ。この猫、犬なの」

事情を知らない人が聞いたなら、頭がおかしい人だと思われても仕方ない。僕は、女主人の反応を見た。

「ごめんなさい。私、もう知らない振りはできません。トラさんが話せること、それに犬であることも、全て承知していますの」

これまで落ち着いて対応していた表情から、申し訳なさそうに眉間に皺を寄せて話す女主人の顔に偽りはない。こうなれば、ややこしい話も簡単になる。驚いて口を閉じた奥さんに替わり、主人が申し出た。

「都合が宜しければ、お宅の洗面台を借り、そこにある鏡の前で家のトラとお宅のワンちゃん、親子で話をさせて貰えませんか」

女主人に異論はなかったが、敷地内では放尿しない僕の意志を引き継いだ娘の散歩終了まで待って貰うことにする。

「ええ、庭先で待たせて貰います」

そう主人が言ったところで、奥さんが提案した。

「一緒に散歩させて貰えません」

余り知らない人の屋敷の庭先で、夫婦と猫が何もしないで待つのも変なものである。

「迷惑でなければ」

こうして、僕を腕に抱えた奥さん、僕の娘をリードする女主人、二人に従い会話を黙って聞く主人、三人と二匹の奇妙な散歩は三十分余り続く。やがて、僕を抱いて歩く奥さんの顔に疲れが見えた頃、いつもの時間の半分で散歩を切り上げた。

「疲れません」

「平気よ。ただ、お手洗いを貸してくださる」

そう言うが早いか、僕を主人に手渡した奥さんは、案内する女主人を追い抜く。春先の昼下がりは、太陽が沈むと冷え込んでくる。車で出掛けた所為で薄着の奥さんは、個室に入ると遠慮なく放尿した。下腹部が軽くなった奥さんは、座ったままの姿勢で高い天井を見上げ、疲れた首を元に戻す途中で壁一面の大きな鏡に気付く。

「あら、モナリザの肖像画があると思ったけれど、私じゃない」

自分のだらしない姿を鏡に見付けた恥ずかしさで、奥さんは思わず想像を膨らませたようである。その声は、中廊下を隔てた居間で待つ主人と僕にも聞こえたから、僕は主人の腕から身を乗り出した。

幸い、女主人は僕の主人が遠慮したお茶の支度に台所へ回っていたところで、奥さんの独り言は聞こえなかったようである。それでも、主人は奥さんが居間に戻ると小声で教えた。

「モナリザの話、筒抜けだった」

「あら、どうしましょう。彼女に聞こえていたら恥ずかしい」

その時、居間のドアが軽く叩かれた。

「何もありませんが」

長い髪を後ろに束ね直した女主人、盆に紅茶セットを載せて現れる。

「あら、素敵な陶器ですこと」

遠慮のない奥さんは見事な容器を見てすぐに驚いたが、主人は手数を掛けてしまったこと、それを素直に口にした。

「恐れ入ります」

僕は、卓の上に置かれた皿のクッキーを見詰め、それが一口戴ける場面を想像してニャーと鳴く。すると、それまで自分専用のソファーに座って静かにしていた僕の娘も、僕の顔を見てワンと鳴いた。

それを合図に手を出した奥さん、クッキーを二つ取り上げて、一つを主人に渡すと同時にもう一つは丸ごと自分の口へ入れる。

「おまえ」

主人は、マナーをわきまえるように言おうとしたが遅かった。奥さんの口の中でクッキーの砕かれる音がする。それを聞いて、僕は主人の腕から身を乗り出し、主人の右手にあるクッキーに前足の爪を引っ掻けようとした。

「あら、ごめんなさい。トラさんのオヤツも必要ね」

そう女主人に言われ、父親として恥ずかしくなった僕は、主人の腕に身体を戻してから娘の顔を見る。母犬に似て全身の毛が純白の娘は、僕の仕草を見なかった振りなのか、前足で両目を隠していた。それを見た奥さん、女主人に向かって手を挙げる。

「早く親子のやりとりを聞きませんか」

「そうですね」

女主人も賛成したところで、皆で鏡のある二階の洗面台へ移動した。

「こんな広い洗面所、羨ましいわ」

そこは、壁際に設けられた洗面台の上に大きな鏡があり、中央のトイレに一人座って、周囲に椅子を四つ置いても余裕がある。

「すいません。椅子を運ぶお手伝い、お願いできますか」

「ほら、あなたの出番よ。トラは私が預かるわ」

女主人の後に従い、僕の主人は洗面所を出て行った。その間、僕は鏡の前の台に座らせて貰い、娘をトイレの蓋の上に座らせて喋る。

「こうして娘に会うことができましたのも、奥さんのお蔭です」

「あら、どう致しまして。それより、話したいことが山ほどあるでしょう。私達には構わず、話を進めて」

それは、願ってもないことであった。以前、夜中に忍び込んだ時には声を殺して話したが、今度は皆が認めてくれているから遠慮が要らない。

「あれから、変わりはないようだが」

「ええ、お父さんも」

「ところで、お前の名前は何と言ったかな」

「あら、教えていなかったかしら。雪のように白い体毛から、ユキと名付けて貰いました」

「そうか、ユキの母さんは、チコと呼ばれていたな。ユキは、母さん似だ」

「そうなの。ユキは母さんのこと知らないから」

そこまで話が進んだ時、椅子を手にした主人と女主人が洗面所に戻り、その一つを奥さんに渡し、三人が椅子に腰掛けたところで、犬と猫の話に加わった。

「どこまで話は進んだの」

奥さんは、少しも遠慮しない。

「娘のユキは、母親のチコを知らないところまで確認したところです」

僕は、奥さんが分かるように話した。

「可哀想ね。母の顔を知らないなんて。あなたは知っているのにね」

奥さんは、主人を責めるように言い放つ。

「そう言われても困る」

主人は、事情を知っている女主人に話して貰いたくて、彼女の顔を見た。

「チコは、ユキを生んで間もなく亡くなりました。犬のお産は軽いと聞いていましたから、病院に連れて行った時には手遅れで」

当時を想い出した女主人の目には、涙が浮かんで溢れ出す。

「それでは、乳飲み子のユキを育てる苦労、大変でしたね」

主人は、ぼんやり話を聞いている僕に代わって頭を下げた。

「あれがチコの運命でしたから、仕方ありません」

そう言って、女主人は目尻の涙を手の甲で拭い、笑顔を取り戻す。

「ここまで大きくユキを育ててくれてありがとう」

ユキは、女主人に向かってそう言った。すると、これまで感謝の気持ちを言葉で聞いたことがなかった女主人の心は大きく揺れて、大粒の涙が両目から溢れ出す。これには、涙もろい僕の主人がすぐに反応した。

「やだ、あなたまで」

そう言った後で、奥さんも負けないで涙の渦へ仲間入り。僕と娘は何としたものか、互いの顔を見て、目から涙を流す人間の仕草が不思議で、示し合わせたように首を傾げた。

「そうよね。皆が泣くばかりでは、お話になりませんから、気を取り直しましょう」

意外にも、涙の渦から最初に抜け出して冷静な判断をしたのは奥さんである。

「そうでした。感情に流された私がいけなかったようです。冷静にお話ししなくては、いけませんね。ロン君をお宅まで連れて行ってから、ロン君は度々チコに会いに来ていたようです。チコは、ロン君の他に親しい雄犬はいませんから、間違いなくユキはロン君の子供ですね」

僕は、鏡の前の台に座ったまま、女主人の言葉に頷いた。

「どうした訳か、ユキが生まれてから、あなたはチコの前に姿を見せなくなりました」

その訳を考えてみたが、何しろ昔のことで、申し訳なく思いながらも、僕には思い出せない。

「多分、当時のロンは余りにも脱走することが多くて、家の中で飼い始めた所為です」

そう主人は、僕の代わりに説明してくれた。

「そうとは知らず、チコは淋しそうに泣きながら息絶えました。私もロン君の無責任さに呆れ、お宅まで押し掛けようと思いましたが、止めましたわ」

「すいません」

もはや取り返しのつかない昔のことながら、僕の飼い主として責任を感じた主人が謝る。すると、奥さんが黙っていない。

「あら、あなたが浮気したみたいね」

「本当ですね。チコとロン君の自由恋愛ですから、御主人が謝る必要などありませんわ」

そう女主人が言ってくれたお蔭で、険悪になり始めた場が一転して明るくなった。それを承知で、ユキが口を開く。

「お父さんは、お母さんの何処に魅かれたの」

僕は、雑木林の獣道で出会ったチコの姿を一度たりとも忘れたことはなかったから、それをユキに話した。

「まあ、何て素敵な場所で出会ったことでしょう。今、近場に雑木林などなく、獣道など知らない犬ばかりですわ」

「そうかも知れないな」

獣道に自分なりの思い出がある主人が口を挟む。

「あら、あなたは獣道に詳しいみたい」

夫の言葉の裏に秘密の匂いを嗅ぎつけた奥さんは、いつものように探りを入れた。

「ロンと散歩した頃は近くに幾つも雑木林があり、犬しか通らない獣道をロンは好んで通ったものだよ」

そう言ってから、主人は僕の顔を見る。その表情は、僕に何か言葉を返しなさいと促していた。

「僕は獣道に入るのが好きで、そこに漂う匂いから相手を想像しました。チコの匂いは勿論のこと、チコを連れてくるあなたの匂いも、主人の為に探したものです」

下を向き黙って僕の話を聞いていた女性二人の視線が、主人に移る様子が鏡に映る。何か余分な事を言ってしまったようだが、今更取り消すことはできない。

「なるほどね。あなたがロンを連れて散歩に行きたがった訳、よく分かったわ。こんなに素敵な女性なら、許してあげる」

女主人の顔を見ながら、奥さんは笑顔で言った。すると、黙っていては誤解されると考えた女主人は笑顔で返す。

「当時は二十代で独身でしたから、初めて雑木林の中でお会いしたロマンスグレーの髪で落ち着きのある男性に惹かれ、再会を楽しみにしていたものです。今も独身に変わりはありませんから、久し振りに再会した先程は胸が高鳴り、その音が奥さんに聞こえるのではないかと気を揉んでいました」

そう言い終わったところで、女主人と奥さんは示し合わせたように笑い出した。どうにも女心は読み難い。二人に合わせるように主人は苦笑いしていたから、半分は承知でもう半分は不承知のようだが、これ以上は踏み込まない方が良さそうだ。そこで、僕はユキに孫の行方を確認する。

「英国で暮らしている孫の話を聞かせてもらえないか」

英国で暮らすと聞いて、奥さんが口を挟んだ。

「あら、ロンの一族は紳士の国まで縄張りを拡げたのね」

「ええ、縄張りと言っても英国だけですが」

「それでも凄いわ。で、ロンの孫犬は英国でどんな生活をしているのかしら」

「お前さん、それを娘のユキさんに今から教えて貰うのだよ」

そう主人が強めに言って、妻の割り込み暴走を止めた。すると漸く、機会を得た僕の娘は、タロウと呼ぶ孫犬の話を始める。

「先日、主人夫婦の供でロンドンから電車で二時間余り先にあるカンタベリーまで出掛けたそうよ」

「あら、その寺院なら私も行ったことがあるわ」

覚えのある寺院の名を聞いて、奥さんも黙って居られない。だが、それは主人に取って初耳のことであった。

「お前、それはいつのことかな」

「あなたと出会う前のことよ」

「一人で行かれたの」

夫婦の会話に引き込まれて、つい女主人も口を挟んでしまう。

「勿論、彼と一緒」

少なくとも、彼とは今の主人でないことは誰にも分かる表現だ。忽ち、気まずい雰囲気が洗面所を満たしたところで、それを吹き飛ばしたのは当人であった。

「だと良かったわ」

日本語とは、最後までよく聞かないと、どう展開するのか分からないものである。

顔色の戻った主人は、右手の人差し指を鼻先に当てた。

「そこは、タロウの飼い主夫婦が初めて出会った思い出の場所なのよ」

「なるほど、二人の思い出を巡る旅に同行したのか。僕もチコちゃんとそうしたかったな」

「シェパードの血を引いたタロウは、白い毛の雌犬に恋をしたようです」

「あら、血は争えないのね」

奥さんにそう言われ、全身に熱い血が駆け巡り始めた僕は、赤い顔を見られないように下を向く。

「あら、猫ちゃんらしい」

僕がシェパードの血を引いた犬ロンの変身したトラ猫であること承知している女主

人は、誉める言葉を忘れていない。

「そう言われてみれば、大分猫ちゃんらしくなったわ」

「ニャアーン」

僕は、敢えて猫の声で鳴いてみせる。すると、それを気の毒に思ったのか、主人はユキにタロウの話を促した。

「カンタベリーからロンドンに戻る時が来て、その初恋も二日目にして諦めなくてはならなかったの」

「そのカンタベリーと言う所は、タロウが走って行ける所じゃないの」

そう僕が確認する。

「無理ね」

ユキは、あっさりと答えた。僕がチコの匂いを追って走った距離とは、大違いのようである。

「ところで、タロウに兄弟はいるの」

主人は、傍で暮らしている孫の存在を承知しながらユキに尋ねた。

「あら、言ってなかったかしら。タロウには、私によく似た白毛の弟犬がいるの。直ぐ傍で暮らしているから、お父さん、何時でも会いに行けるわ」

話の先を継いだのは、女主人である。

「車で十分と掛からない農家の方にあげたの」

「そうなの。これから皆で会いに行きましょうよ」

奥さんの提案を誰も否定しなかったが、事前に電話連絡してはどうかと女主人が言い、それに主人はすぐに従った。

（十一）猫のままで

奥さんに抱かれた僕は助手席に乗り、後部座席には女主人とユキが乗り込む。バックミラーに映る姿は、ふた昔前と殆ど変わっていない。

『偉い違いだ』

主人は、助手席でトラの頭を撫でながら、興奮して話す妻の昔とは比べものにならない体型を横目で見た。

「もうすぐ孫に会えるのよ。何て素敵なことでしょう。自分達の孫に会うみたいね」

主人の返事を期待する奥さんは、相手が車を運転していることなどすっかり忘れて、前方を見たまま返事した主人に不満そうであった。

「まあ、気持ちのない人ですねえ」

夫婦の会話を後部座席で聞いていた女主人は、隣の席で静かに座っているユキの頭を撫でながら言ったものである。

「仲の良い事です」

「あら、そうかしら」

「ええ、羨ましい夫婦の会話です」

「あら、そんなつもりはなくて」

「私にも、御主人のように素敵な人が現れないかしら」

その時、直進する車が左右に揺れた。主人の心の動揺が、ハンドル捌きに表れたようである。それを知った奥さんは、主人の心を鎮めようとした。

「あなた、良かったわね」

「そうだね」

主人の気のない返事に変わりはなかったが、頬が少し盛り上がったようである。何もすることのない僕は、奥さんに抱かれた腕の中から、その瞬間を見逃さなかった。

こうして、わずか数分のドライブであったが、僕と娘のユキは三人の話を聞くだけで静かなものである。目的地は、ユキの家から更に北上した田園地帯であり、僕の主人は女主人の指示に従いハンドルを左に回して国道十七号から脇道へ入り、二つ目の信号を右折すると両側が田圃の農道を行き、最初に見えた農家の前で車を停めた。

「この家です」

「あら、梨の花が見事ね」

奥さんは、僕を腕に抱いたまま車から降り、梨の花を見に近付く。女主人もユキの首にリードを付けて、奥さんの後を追った。車から最後に降りた主人は、ゆっくりと僕らの後に付いてくる。こうして、農道から入ること百メートル余り、奇妙な三組が農家の中庭に次々と到着すると、白く太い尻尾を垂らした低い姿勢で、攻撃に入る態勢を崩さない中型犬が梨畑から現れた。

「あなた、相手は本気ですよ」

そう奥さんが主人に伝える。

「そうだな。母親に説得して貰うのが良さそうだ」

主人は、女主人の顔を見た。

「はい、分かりました。ユキ、お前の出番ですよ」

女主人はそう言って、ユキを前に出す。すると、それまで鼻に皺を寄せていた相手が急変する様が可笑しかった。腹を地面に着け、尻尾を横に振り、申し訳なさそうに舌を垂らしてクウと鳴く。子供に近寄ったユキは、前足の上に置いた子供の頭を舐めた。僕も自分が猫になっていることも忘れ、奥さんの腕から地面に降りると孫の右腹近くに走り寄る。

その直後、大人しく尻尾を振っていた孫犬の鋭い犬歯が二本、僕の腹に食い込んだ。だが、すぐに娘のユキが一声吠えてくれたお蔭で、僕は孫の牙から解放される。駆け寄った主人は、僕を抱き上げて、噛まれた個所を確認した。

「傷はない」

「そんな筈はないわ。よく確かめて」

奥さんにそう言われ、もう一度主人は僕の腹毛を掻き分け、丹念に傷を探した。

「犬歯に噛まれた皮膚が赤くなっているだけだな。それでも何処か支障はないか、トラを歩かせてみよう」

地面に置かれた僕は、何処も悪くない証に尻尾を真っすぐに上げ、その先端を小刻みに揺らしながら、胸を張って歩いて見せる。

「ワウーン」

その時、事情を母親から聞いた孫はごめんなさいと鳴いたが、謝るのは猫の姿で横から近付いた僕の方だ。視界に妙な動物が突然現れたなら、反応しない動物はいない。それにしても、首輪も付けず飼い犬を自由に動き回らせている飼い主の顔が見たいものである。そう思いながらも、無傷の僕に安心した女主人は、リードを付けたユキに従わせるように孫犬を誘導しながら、飼い主の暮らす母屋へ向かった。梨畑を通り過ぎると庭が現れ、車で乗り込んでもゆっくり回転できる。

「驚いたわね。これなら、車に乗ったまま来れば、トラも噛まれずに済んだのに」

「御免なさいね。私が教えていれば、トラ君には痛い思いをさせずに済みました」

「いやいや、あなたが謝る必要などありません」

奥さんには、女主人を庇う夫の発言が面白くない。

「そうですよ。運転手のあなたが、車を停めた場所がいけないの」

庭先の賑やかな遣り取りが聞こえたのか、ここで漸く孫犬の飼い主が現れた。その姿、僕の主人が庭木の手入れを諦めて、二年毎に依頼する庭師のようである。頭に手拭いを巻き、腰には剪定用の鋏と鋸を下げ、地下足袋でふくらはぎまで覆っていた。

「うちのゴンタ、何かやらかしたかな」

孫犬の名は、ゴンタと言うらしい。主の前に腰を下ろすと、申し訳なさそうに頭を下げている。僕は、気にしなくても良いと言ったつもりだが、孫のゴンタは元より誰にもニャンとしか聞こえなかったようだ。その時、僕の気持ちを察した奥さんは、庭師に似たゴンタの主の前に進み出で、この猫はゴンタの祖父であり、洗面所にある鏡の前では人の言葉が話せると教えたが、相手にして貰えない。

「あなたがた、気は確かかね」

「ええ、私も最初は信じられなかったことですが、お宅のゴンタ君も洗面所にある鏡の前では人の言葉が話せる筈ですから、騙されたと思ってお付き合い願えませんか」

そう主人が真顔で言えば、ゴンタの主は頭から手拭いを取り、皆を庭の隅に設けた土足で利用できる洗面所へ案内した。

「少し匂うが」

物好きの一向に付き合い、ゴンタの主が鏡の前に立ったところで、ゴンタの母親ユキがすぐに切り出す。

「お前、相変わらず猫が嫌いのようだね」

「そうでもないよ。僕の縄張りに黙って侵入する相手が誰であろうと容赦しない、それだけだよ」

それを聞いたゴンタの主は、生唾を飲み込むと黙っていられない。

「ゴンタが話す」

そう口にしてから、母屋に戻って女房を連れてきた。

「そんな馬鹿なことがある訳ないでしょう」

「まあ、聞いてみな」

それを聞いたゴンタは、二人の姿を認めると意地悪く吠える。

「あんた、これでもゴンタは話すと言うの」

女房に馬鹿にされたゴンタの主は、何とかして欲しいと僕の主人に眼で訴える。そこで、正直な主人はゴンタに言った。

「悪戯は止めて、話してみなさい」

「分かりました。チエコさん、いつも美味しい御飯を下さりありがとうございます」

「あなた、ゴンタが私の名前を言ったわ」

「ああ、聞いた」

「御飯のお礼も言ってくれたわ」

「ああ、それも聞いた」

「どうして話せることを隠していたのかしら」

「それは知らない」

「僕も知らなかったことですから」

ゴンタは、今初めて知ったことだと打ち明ける。

「そうでしょうね。犬は洗面所の鏡を見る必要がありませんから」

そう僕の主人が言うと、奥さんが異議を唱えた。

「あら、そんなことはないわよ。犬から猫に変身した我が家のトラ、洗面所の鏡の前で毛繕いするわ」

「猫として鏡を見るのだろう」

「そうかも知れないわね」

その時、女主人が話に加わる。

「ユキは、鏡の前で姿を映しながら猫に変身したトラ君と話していましたから、この一族には鏡を見る習慣があるようですわ」

「そう言われてみれば、何となく鏡は見ていましたが、人の言葉が話せるとは思いません」

ゴンタの言葉をユキが補足した。

「話せるだけではありません。姿見の前では、私達は見た人の未来が見えるのです」

「そうなの。それでは早速、私の未来を見て貰いましょう」

そうチエコは言うと、皆を母屋へ案内した。靴を脱ぎ、ユキの足を洗い、僕は奥さんに抱かれ、姿見のある奥座敷まで縁側を進む。その途中、僕を抱く奥さんの腹が大きく鳴った。

「もう少し我慢してください。私の未来を見て貰った後で、夕食にしますから」

「すいません」

期待を込めて、奥さんが子供のようにすぐに答えたものだから、ユキの女主人が笑いながら言う。

「本当に素直な方ですね」

「悪い人ではなさそうだ」

チエコも笑いながら応えた。僕が後に続く主人を見ると、頭を掻きながら笑っている。どうやら、奥さんは皆に笑いを与える特技があるようだ。姿見の置かれた部屋は、縁側の一番奥にあり、障子を開けると十畳の畳は表替えしたばかりで、井草の青い匂いが鼻孔に届く。女主人は、ユキが爪で畳を傷付けないように抱いた。ゴンタは、庭師に似た主人の腕に抱かれて大人しくしている。

「さあ、私の未来がどうなるのか、教えてくれるのはどなた」

「はい」

ユキの父親であり、ゴンタの祖父になる僕は、チエコに向かって答えた。それから、じっと僕は姿見にチエコの未来を探す。明後日、チエコは新聞社とテレビ局を呼び、人の言葉が話せる犬としてゴンタを売り込む。出演料を出さない相手は断り、今の野良着から想像もできないピンクのブラウスを濃紺のスカートに押し込み、ゴンタが話すより先に自分を売り込んでいる。

「どう、何が見える」

すぐに話すと刺激が大き過ぎるようで、僕は未だ見えないと嘘を言う。同じ姿見でチエコの未来を見ていたユキは、嘘を吐いた僕の思いやりに同意して頷いた。だが、同じ未来を見た筈のゴンタは、すぐに答えない祖父が不満らしく、唇をへの字に曲げたままである。

そこで僕は、報道陣が喋る犬ゴンタの報道に飽きた頃を探した。それは早いもので、騒ぎが始まる明後日から一週間後のことである。ゴンタの御蔭で懐が豊かになったチエコは、相変わらず植木屋スタイルの旦那に車を運転させ、喪服を着こんで斎場に向かっていた。

「どう、私の未来は見えたの」

「はっきり見えます」

「それでは言って」

「はい。一週間後ですが、喪服を着て斎場に向かっています」

「あら、どなたが亡くなったの」

「まだ、それは見えません」

そう答えてから、斎場で合掌するチエコの前に置かれた写真を確かめる。

「あ」

そう言ったきり、僕には後が続かない。

「何が見えたの」

チエコは、黙り込んだ僕の代わりを探して、ユキとゴンタの顔を見た。その役は、ゴンタには荷が重過ぎると判断したユキは、僕の代わりに答える。

「父の写真が煙の向こうに見えます」

ユキの言葉を聞いて、驚いたのは僕を抱いていた奥さんであった。奥さんの腕から解放された僕は、一回転して畳の上に下りる。

「お父さんは一週間後に亡くなるの」

畳に腰を下ろす僕に皆の視線が集まった。こうなると、チエコの未来より先に僕の未来を話さない訳にはいかない。僕は元より、ユキとゴンタも揃って姿見の一番下に映る僕の姿をよく見た。

ゴンタがテレビや新聞の取材に応じている時、自宅の出窓で太陽を浴びながら、僕は意識を失う。眠るにしては静か過ぎる僕に気付いた奥さんは、僕を揺すって起こそうとしたが僕は反応しない。二階の書斎で小説に悩む主人を呼んで、僕が犬であった頃に何度も通った犬猫病院に意識のない僕を連れて行く。

「内出血が進み、残念ですが」

僕が犬でロンと呼ばれていた頃の主治医から、僕は二度目の最後通告を受けた。医者の説明によれば、ゴンタに噛まれた時に内臓で出血があったらしい。噛まれた僕も気が付かない位だから、それはダニに血を吸われるより静かに進んだようである。

「残念です」

一週間後の自分を知った僕が力なく言うと、奥さんは僕を抱えて主人に言った。

「そうと分かれば、これから病院に行くわよ」

その判断は正しく、犬猫病院で内出血を止めた僕は、未だ猫のままである。

テントウムシ

（一）危険手当

世の中、不動産バブルに沸いていた頃のこと、その影響は教育サービスに従事する亀吉の職場にも現れていた。毎晩、付き合いで仕方なしにと家人に言い訳しながら根が好きな酒に溺れ、終電車に乗り遅れても都内から大宮までタクシーを飛ばす。

そんな連日の酔いが覚めたのは、土曜日の昼過ぎのことであった。手入れを忘れていた本棚の縦に並べた書籍の上に横たわって、積もった埃で表紙の見えなくなっていた日記帳を手に取り、ゴミ箱の上で叩く。

その時、日記帳の中から帯状の紙片が亀吉の前に落ちた。紙片の期待に応えて拾い上げると、それは十年前に亀吉が貰った給与の明細書である。亀吉の名が最上部にゴム印で押され、項目ばかり多く金額の少ない数字が手書きされていた。下方には、夜勤手当のゴム印が押され、最下部には危険手当とある。

「懐かしいな」

始めたばかりの本棚整理を中断して、亀吉は陽に焼けて小麦色になった畳に座り込む。そのまま、色褪せた給与明細書の数字を誰に聞かせるつもりもなく読み上げる。

「基本給六万円、危険手当二千円、総額は九万八千円也。これで親子三人、よく暮らせたな」

当時の亀吉は二十六歳、一つ年下の妻ユキと二歳になる息子がいたから、この金額でどう暮らしたものやら。タクシー代で一晩に数万円も浪費する今となっては、思い出すことさえ難しい暮らし振りである。

また、目の周りと鼻の頭が黒く全身茶色で食欲旺盛な子犬も飼っていたから、給与の大半が食費に消えたことは間違いないことであろう。家賃として、間取りに応じた相場の金額を払っていたなら、働きながら破産していた。

そうせずに済んだのは、借家の家賃がタダ同然であったことである。加えて、流行の着物やバッグを欲しがろうともしない妻の性格によるだろう。

それはそれとして、給与明細に危険手当のある職業は珍しい。高い所で仕事をする人や消防士であれば、説明しなくても大半の人が理解出来る。凶悪な犯罪者に備え、拳銃を携帯する警察官も理解出来ようが、心を病んだ人が入院する病院で働く人に危険手当が付くことは、殆どの人が知らないことであろう。

亀吉も、その意味を就職した春先の初日に知ることになる。

「今日からお世話になります」

新人らしく頭髪を短めに刈り込み、洗い立ての白いワイシャツにネクタイを締めて、初日の挨拶する亀吉に向かい、婦長は呆れて言った。

「あんた、それじゃ命が幾つあっても持たないわよ」

その意味が判らない亀吉に向かい、頭髪を七三に整然と分けた斎藤と名札にある看護士が首のネクタイを外す真似をしたところで、気付いた亀吉は慣れぬ手付きでやっと締めたネクタイを外して、その訳を後で教えて貰うことにする。

四角い顔に小さな細い目を埋めた斎藤に案内され、亀吉は病棟を見て回ることになり、看護士の詰める部屋に鍵を掛けてから、一階の男性患者が百人余り入院している大部屋の真ん中にある廊下を、買い求めたばかりのスリッパが脱げないよう爪先に気を配って急いで通り抜けた。

廊下の先には天井まで届く大きな鉄の扉があり、斎藤は鍵の穴に大きな鍵を差し込んで回す。その扉を閉めて、斎藤は誰も居ない階下の踊り場で亀吉に言った。

「昼間は職員が大勢居て安全だが、夜勤で大部屋を見回る時、誰かが気紛れにネクタイを締めたら、それで君はお仕舞い」

その時、亀吉は婦長の呆れた訳を知り、白衣のポケットに仕舞ったネクタイを確かめる。それを細い目でも見逃さない斎藤は、笑いながら二階の病棟に亀吉を案内した。やはり天井まで届く大きな鉄の扉に近寄り、今度は亀吉の持つ鍵で開けさせる。

その先は、女性ばかりが入院する大部屋が真ん中の通路を挟み八部屋も並んでいた。階下の大部屋と違うのは、女性特有の体臭が漂っていることである。視界に着替え中の女性も入り、亀吉は斎藤の背中だけを見るようにして、先を急いだ。

入った時とは反対側にある大きな扉を閉めて、再び斎藤は真顔で言う。

「食堂の箸で見回り中に首を刺されても、刺した方に罪はなく、刺された方はお仕舞い」

そう言った細目の斎藤の顔を、亀吉は危険手当の文字の裏に思い浮かべていた。

「今頃、何をされているのだろう」

そこを亀吉が辞めて間もなく、法規制の違反が明るみに出た病院は、一時休業に追い込まれたようである。入院していた大勢の患者や勤務していた職員は、どうされたことであろうか。

（二）保護室

♪思い込んだら♪試練の道を♪行くが男のド根性♪真っ赤に燃えた♪

あたり構わず大声でテレビ漫画の主題歌を歌う人がいる。それを何度も繰り返すうちに声は嗄れ、やがて涙声に変わっていった。

「誰かしら」

夜更けのこと、長々と吠えるように歌うのは尋常ではない。ユキは、仕事から戻ったばかりの亀吉に訊ねる。

「誰だか判らないが、入院患者の誰かだろ」

亀吉は、答えにならない返事をした。その間も、暗闇の彼方から歌声は聞こえ続けた。声の主は大人に違いなく、勇ましい歌詞でも調子は悲しみに満ちている。その分、心に受けた傷は深いに違いない。

それにしても、子供の歌で気持ちを表現するのは誰であろう。就職したばかりで病院の事情を何も知らない亀吉には、声の主を推測することも出来なかった。

この病院は、神経科と内科を看板に掲げている。だが、外来患者は殆どなく、神経科の長期入院患者ばかりであった。

病院の周囲は梨畑に囲まれ、三つの病棟、外来の事務所、給食センター、それに職員用の宿舎が大小四棟あり、広い運動場も備えている。

各病棟には、保護室と呼ばれる個室があった。一人一部屋だから個室には違いないが、上下左右をコンクリートで囲まれ、部屋の前後を太い鉄格子で仕切る構造は、猛獣を飼う動物園の檻によく似ている。

この中に収容されている動物は、虎やライオンと言った動物園で見掛ける猛獣ではなく、亀吉と同じ人間であった。その保護室には、ベッドもテレビもなく、あるのは床に組み込まれた水洗便所の穴と片隅に積まれた毛布、それに人の汗と水に流されるのを待つ汚物とその匂いだけである。

保護室の呼称は病院らしく聞こえて世間体も良いが、檻と言った方が現状を正しく表していた。その檻に入っている人は、虎のような猛々しい人ばかりであろうか。そんな筈はないと分かっていても、太い鉄格子を見ればライオンのように吠える人かも知れないと想像して背筋が冷たくなった。

亀吉は、御飯に味噌汁それにオカズを載せたプラスチック製の盆、それを保護室の鉄格子の下に置く。その時、虎でもライオンでもない青白い顔の青年が、亀吉に手を合わせた。

「もう大丈夫です。すっかり落ち着きましたから、院長先生にお願いして、ここから出して貰えますか」

その権限も判断すら出来ない亀吉は、何と答えて良いのか困り、指導役の斎藤の顔を見る。

「必ず伝えます」

斎藤の言葉を聞いて、青年の顔は急に明るくなった。亀吉も何となく嬉しくなり、保護室から通路を挟み、二メートルばかり離れた壁のガラス窓を開けると、人息と体臭と汚物臭で澱んだ室内の空気を追い出し、外から奇麗な空気を招き入れる。

その窓から、移り住んだ亀吉一家の宿舎が見えた。向こうからは、中が暗いこちら側は見えないであろう。けれど、ここで大声を張り上げれば、向こう側には間違いなく届く。ユキを不安にさせた夜更けの歌声は、保護室で食事中の青年のものかも知れない。

そんな推理をしている亀吉に向かい、指導役の斎藤は窓を閉めるように言った。

「どうしてですか」

「訳は後で」

保護室から出たところで、自ら鍵を閉めた斎藤は、その訳を亀吉に話す。

「危険防止」

「保護室の誰が危険な人ですか」

「そうじゃなく、ガラス窓の外から保護室の患者に危険な物が渡されないように」

「どんな危険物ですか」

「君は刑事かね」

「失礼しました。危険と聞いて、薬か刃物か、それとも飛び道具かと」

「君は、仁俠映画の観過ぎ」

そう言って笑う斎藤は、肝心な危険物の内容を亀吉に教えてくれない。これ以上聞いても無駄と知り、亀吉は話を先に進めた。

「それで、ここのガラス窓は閉めてあったのですね」

「そう、看護者の居る時だけ窓を開け、他は鍵掛けが原則だからね」

「この暑い時期にも」

「ルールさ」

「保護室には冷房もありませんが」

「大部屋にもないだろう」

「・・・」

笑っているのか怒っているのか分からない斎藤との遣り取りはここまでにして、その日の夕方、亀吉は一人で保護室を訪れる。

そこで改めて天井を見上げれば、鉄格子の中を監視するカメラが保護室毎にあった。冷房設備もない保護室には、高価で不釣り合いな設備だが、それなりの意味があるのだろう。

亀吉は、鉄格子の中で正座する自分を想像した。天井の照明は二十四時間消されることはなく、自分の行動は監視カメラで絶えず覗かれている。排泄する際の尻を出した姿まで、見知らぬ部屋の誰かに見られているかと思えば、出始めた便も恥ずかしさの余り直ぐに引っ込むことだろう。

喉が渇き、腹が減っても、全て看護士に頼るしかない受身の生活で、自分はどれ位精神を正常に保てることだろうか。二つある保護室の一つには、一年近く入ったままの人がいると言う。とてもじゃないが、自分なら正常な心を保ち続けることは難しい。

それでは、この保護室は何を保護する部屋であろう。そこで働く自分は何を保護する為に働くのか、亀吉は自問した。

保護室のコンクリートの床は、夏でも長時間座れば身体を冷やしてくれると言う。だが、冬場は冷やしてくれるのを通り越して、身体の芯まで凍らすことであろう。

保護室の床に畳んだ毛布を敷き、その上に正座していた青年は立ち上がり、医師と同じ白衣を着た亀吉に何やら期待して近寄った。

「ここから出して貰えますか」

祈るような眼差しで昼間の返事を聞かれたものの、斎藤の約束はその場凌ぎであったから、亀吉には何とも答えようがない。ただ、青年の落ち着いた話し振りから、もはや鉄格子の部屋は必要ないと思った。

亀吉の白衣のポケットには、鉄格子の扉を開ける鍵も入っている。誰の許可を得なくても、目の前の青年を鉄格子の中から出すことは可能であったが、二人して病院から逃亡する理由は今のところなく、医師の判断を待ち大部屋に移すのが適切と考えた。

それが実現したのは、数日後に担当医師が保護室にいる青年を診察した当日である。もう一つの鉄格子の中で絶えず身体を鍛え、亀吉とも言葉を交わそうとしない青年の診断結果は、更に保護が必要とのことであったが。

（三）番茶

日勤を終え、そのまま夜勤に入った日の夕方、お決まりの処理仕事を片付けた亀吉は、大部屋に入り出来るだけ多くの患者に話し掛ける。妙な話だが、昼間は病室の掃除や食事の準備や後片付けに追われ、入院患者と言葉を交わす看護の仕事は皆無であった。

その際、話の内容を忘れないようメモ帳に記録する。それを繰り返すと、最初は鼻で笑っていた相手も次第に真剣に話してくれるようになった。その後、番茶の入った大きなヤカンを下げて保護室に向かう。

保護室に入る手前の扉を開ける際、どんなに気を付けても金属の擦り合う微かな音がする。それに反応し、保護室の鉄格子の中で横になっていた二人の青年は、揃って首を亀吉に向けた。

「番茶です」

そう言葉を掛けて、亀吉は鉄格子の間から差し出されたプラスチック製のコップに番茶をなみなみと注ぐ。沸かしたばかりだから、下に置いて冷まさないと飲めない筈だが、それを惜しんで二人とも口にする。

一息ついたところで、数日後には大部屋へ移動することになる青年が亀吉に声を掛けた。

「僕、森と言います。この番茶、旨いですね」

鉄格子の中から礼を言われ、亀吉は頭を掻いてから、相手と同じ目線になるよう腰を下ろす。

「僕は老けて見られますが、まだ二十一歳です」

本人の言う通り、黙って座る姿は三十歳を過ぎて見えた。

「僕は京都の繊維会社に勤めて営業をしていた筈ですが、どうして鉄格子の中に居るのか分かりません」

亀吉も詳しい事情を知らなかったが、分かった振りをして頷く。それにしても、此処は関東の北、京の都は遥か遠くにある。何故、青年はこの病院に入院しなければならなかったのか、亀吉も訳を知りたくなった。

「仕事を終えた後、僕は人形劇のサークルに入り、そこで油絵を描いていたのです。ある時、彼女と知り合い・・・」

突然、青年は話を止めて下を向いてしまう。その時、青白い耳が瞬く間に赤くなり、燃える心中を表現する。亀吉は、耳の色が元に戻るまで待つことにした。やがて、青年は元の白い耳になると話を再開する。

「僕の話、退屈ではありませんか」

亀吉が首を横に振ると、青年はニコリと笑った。

「僕の父は、酒癖の悪い人で飲み過ぎては母に暴力を振るい、時には母を守ろうとした僕達まで殴り倒されました。そんな家でしたから、僕が小学校四年生の時に両親は離婚して、以来、僕と弟は母と一緒に暮らしています。父は、その後再婚したようですが、消息は分かりません」

懸命にメモを取る亀吉には構わず、青年は自分のペースで話を続ける。

「僕は、小さい頃から神経質な子でした。今でも変わりませんが、初めての職場で彼女が出来てから、ますます考え過ぎるようになったようです。普通なら、幸せ一杯でしょうが、悩みが一挙に増えることになりました。僕は長男ですから、育ててくれた母親の面倒を見なければなりません。彼女にはお嫁に来て貰わなければならないのですが、僕が片親しかいないことが理由で、彼女の両親は二人の交際を許してくれなかったのです」

そこで青年の息遣いが荒くなり、亀吉は聞き取りを止めようとしたものの、感情を自ら制御出来るようになった青年は、番茶を口にして一息つくと、間を取ってから話した。

「母は、離婚した直後から不眠症になり、神経科に通院するようになったのです。それを彼女の両親が知り、二人の交際が更に難しくなりました」

亀吉は、この期に及んで後悔し始める。故郷から遠く離れた精神病院の保護室に入ることになった青年の心の傷の一つが、母親が神経科に通うことなら、同じ神経科に入院している自分を認めて、更に心の傷は深まるのではなかろうか。

そんな亀吉の心を読むように、青年は笑顔を見せて言った。

「大丈夫です。もう、失うものは失いましたから。僕は、僕の話を聞いて貰えるだけで嬉しいのです。あなたも、僕に似て心配性ですね」

腕時計を見ると、早くも午後七時を過ぎている。これから慣れない夜勤の仕事が山とある亀吉は、明後日に話の続きを聞かせて貰うと約束して、保護室を出る間際に振り返れば、鉄格子の真ん中に座り右手を頭の上で小さく振りながら笑う青年の顔があった。

（四）子犬

夜勤明けの亀吉は、保護室の閉じられたままのガラス窓を背にして、五十メートルほど歩いて一戸建ての宿舎に戻る。

玄関の前には、幼い太郎が手を後に回して笑顔で待っていた。その姿が愛らしく、走り寄った亀吉は息子を抱き上げ、そのまま天に一メートルほど放り上げる。それを何度か繰り返して、太郎が飽きたところで地上に下ろした。

その時、亀吉は足元に目の周りと鼻の頭が黒く、大きなジャガイモにも見える子犬の存在に気付く。子犬は、短い尾を小刻みに振り、顔を斜めに傾け、小さく黒い瞳を輝かせ、亀吉達を見上げている。

太郎は、片言で子犬の説明をしてくれるが何のことだか分からない。そこで亀吉は、家の中に居るユキに声を掛けた。ユキは、エプロンで濡れた手を拭きながら玄関先に出て、走り回る子犬に首を傾げる亀吉に訳を話した。

昨日の午後、ユキが太郎を連れて散歩から戻ると、何処からか迷い込んだ子犬は玄関先で棒切れ相手に砂の上を転がって遊んでいる。やがて、遊びに飽きれば飼い主の元へ帰るだろうと放っておいたが、夜になっても何処へも行かないで、そのまま玄関先で悲しそうに泣くばかり。ユキが玄関の戸を開けると、子犬は泣くのを止めて家の中に入り、ユキを見上げてお座りをした。

「これは運命だわね」

ユキは太郎を呼び、二人で子犬に御飯をあげる。皿の底まで奇麗に舐めた子犬は、やがて太郎の靴を顎の下にして眠り、その瞬間から太郎の子分になった。

「ねえ、飼っても良いでしょう」

「太郎の子分なら、仕方ないね」

もともと亀吉は犬好きで、田舎で暮らしていた頃にはポインターを飼っていたが、転職する際には連れてくる訳にもいかず、仕方なく田舎の狩猟家に譲ってきた経緯があるから、ユキの提案に反対する筈がない。

それに、病院の敷地内にある宿舎は、周囲を梨畑に囲まれていることもあり、近所に子供の集まる場所がなく、太郎の遊び相手が欲しかった。

ユキではないが、子犬が現れ太郎の子分になったのは運命であり、それを亀吉が引き離すことなど出来ない。

夜勤明けの亀吉は家に入って休み、ユキと太郎は子犬を連れて散歩に出掛けた。

「子犬に名前を付けてあげましょう」

「うん」

「コロコロ歩くから、コロはどう」

「うん」

亀吉の知らないところで名前がコロと決まった子犬は、名前を付けて貰ったのが嬉しかったのか、太郎を追い越しては戻って後ろに付き、また素早く追い越しては戻る。

散歩道の周囲に広がる梨畑は、新芽が好き放題に伸びていた。実を付ける枝だけ残して余分な枝を切り落とす農家の剪定作業は、植木職人にも劣らず見事なものである。

ユキと太郎は、その邪魔にならないよう遠く離れて腰を下ろして見守った。コロも二人の真似をして座り、その光景を目にした農家の人は何と思ったのか、作業を止めて傍に置いてあった籠から何やら取り出し、二人に近付いてくる。

それを不審に思ったコロは、威嚇にはならない唸り声を出した。

「僕、何歳ですか」

太郎は笑顔で、指を二本伸ばして相手に見せる。

「お利巧さんだね」

そう言って、年配の主婦はユキに何やら手渡す。それが気になったのか、コロは一声ワンと吠えた。

「おやまあ、頼もしい子犬だね」

頭を撫でられたコロは、悪い気はしないようで尻尾を振っている。切り落とされた長い枝を一つ貰った太郎は、農家の人に頭をペコリと下げた。

「あれまあ、何て賢い子だね」

そう言われて、ユキも母親として悪い気はしない。オヤツの礼を言うと、その場を離れた。長い梨の枝を肩にして、太郎は胸を張って歩く。後からコロとユキが従い、家に戻ったのは丁度オヤツの十時であった。

(五) 告白

再び夜勤に入った日の夕刻、亀吉は保護室の扉を開ける。人の息と体臭が充満した空気にも幾らか慣れ、初めて入った時のようにむかつくことはなかったものの、直ぐにガラス窓を開けて、室内の空気を総入れ換えにした。

それから、鉄格子の中に居る二人に番茶を注ぎ終え、亀吉が青年の前で腰を下ろすと、青年は二日前の話の続きを直ぐに始める。

「彼女には、僕が此処に居ることを連絡していないのです。僕には、その勇気がありません。でも、とても会いたいのです。分かるでしょう」

相手の目を見たまま、亀吉は頷いた。

「僕には、もう一つ悩みがあるのです。これまで恥ずかしくて、誰にも言えませんでしたが」

青年は、自分が包茎であることを亀吉に教える。いきなり身体の秘密を打ち明けられた亀吉は、戸惑いを隠せない。目の前の青年は、結ばれない家庭事情に悩み、恋人に会えない切なさに心を痛め、また身体の個性に苦しんでいるが、どう助言したものか。

看護士見習いの立場では、何ともしようがない亀吉は、青年に勘違いされても困る。そうならないよう、この場で本音を告げることにした。

「森さん、私に出来る事は限られています。ただ、あなたの話を聞く、それしか出来ません」

青年の頷くのを確かめ、亀吉は聞くだけの立場から話す側に回る。

「私を信じて、あなたは自分の悩みを話してくれましたが、私にはその悩みを消し去る特効薬はありません。ただ、ほんの少しなら悩みを軽くすることは出来るかもしれませんが」

青年の了解が得られたなら、亀吉は自分の考えを話すことにして、暫く待った。

「今井さんの話を聞かせてください」

何処で知ったのか、青年は亀吉の苗字を口にする。きっと、夜勤明けの留守に他の看護士に尋ねて知ったのであろう。そこまで知恵が回るのであれば、亀吉の考えを話しても理解して貰えるに違いない。

「あなたの悩みは、心を持つ人であれば自然なものです。誰でも悩むものですから、自分一人が特別な存在だと勝手に勘違いしてはいけません。それでも悩みが尽きないようでしたら、それも自然だと思うことです」

こう話し終えて、亀吉は自分の言葉に虚しさを感じた。誰でも悩むのが自然なら、青年が鉄格子の中に居る理由が不明である。亀吉の考えは、現実の説明にはなっていなかった。当然のことながら、その先の会話は途絶えてしまう。

僅か数分のことながら、亀吉には長く感じた沈黙の後で、青年が口を開いた。

「こんな鉄格子の中で、何もしないでじっとしているのが辛いのです」

保護室に入る時より重たく感じるヤカンを手に提げ、亀吉は保護室を出る。それから数日後、青年は保護室から大部屋に移り、集団生活の仲間に入った。

そこで早速、亀吉は青年に約束したボールペンを渡してあげる。何しろ、保護室に入る時には、ベルト、メガネ、ペン、時計など全て没収されていたから、青年が一番に熱望したものであった。

ボールペンを亀吉から受け取った青年は、亀吉の手をしっかり握り締めて、感謝の気持ちを大胆に表す。その瞬間、亀吉の視界は曇り、涙が頬を伝わって落ちた。

（六）連想

ある日の午後、大部屋の片隅で亀吉は青年と向き合い、これから始める自由連想ゲームの説明を始める。

「森さん、自由連想ゲームを知っていますか」

「ええ、聞いたことはありますよ」

「思い付くまま単語を挙げていくゲームです」

「面白そうですね」

直ぐにでもゲームを始めようとする青年を制して、亀吉はゲームの狙いを説明した。

「私の経験不足で、森さんの言葉から何も引き出せないかも知れません。それでも、森さんの心を悩ませる原因は何か、少しでも役立つ情報を得ることが狙いです」

「さあ、始めましょう」

青年は、亀吉の慎重な説明に頷いてゲーム開始を促す。そこで亀吉は、用意したメモ用紙を渡し、思い付くまま単語を書いて貰った。

最初は迷っていたが、白色と書いてからは流れるように、恋人、性欲、死、赤色、差別、橋のない川、父と青年は一気に書き終え、その用紙を亀吉に渡して単語の説明へ。

「白色は、彼女の白い帽子のことです。それは、僕のお気に入りでした。白色の帽子がよく似合う彼女を抱きたいのですが、その先には絶望的な死しかありません」

そこまで説明したところで、青年の顔から笑みが失せた。青年の組んだままの腕は動かない。何か思い出すように沈黙が続き、それが見付かったようである。

「赤は、心に偏見のある人のことです。世の中には、未だに差別があります。それは、橋のない川で分かります。父は偏見のある人で、母に暴力を振るい僕等を捨てた人です。今の僕には、白と赤が一緒です」

　ここまで聞いても、亀吉の持ち合わせた知識では、青年の心の叫びは分からない。表面的には、白で愛と死を表し、赤で偏見、差別、暴力を表す。そして、白と赤が一緒になった青年は、統一が取れずに混乱している心を素直に表した。

　後日、亀吉は青年に再び連想ゲームを勧める
「白から始めて貰えますか」

　先日と同じ単語の連想になるのか確かめるつもりであり、既にゲームの要領を飲み込んでいる青年の手にしたボールペンは滑らかに動いた。

　白、約束、美、太陽、油絵、生と死、愛と死、教会、卒業、結婚式、フランス、ゴッホ、そして再び太陽、月、光、信号と続き、三度目の太陽が登場する。続けて、地球、生物、川、海、飛翔、人間、ピエロ、タンポポ、喫茶店、絵、そして再びゴッホが登場した。

　同じ単語が何度も登場するのを不思議に思いながらも、亀吉は黙って見詰める。続けて、炎、赤、信じる、耐える、生と死、海、丹後半島、野菊、彼女、白、京都、鴨川、橋のない川、差別、人間、血、赤、人間、地球、宇宙、ゴッホ、炎、糸杉、美術館、油絵、未来、夢、理想、現実と書き終え、漸くボールペンが止まった。

亀吉は、青年からメモ用紙を受け取ったものの、残念なことに本人から言葉の説明を聞かせて貰う時間がない。その詫びを言い、大部屋を出て夜勤に入ったところで読んでみた。そこには、青年の過去と未来がボンヤリと見える。

ただ、一つ気になるのは光の後に書かれた信号のことである。信号が何故登場したのか、本人に説明して貰う必要がありそうだ。

（七）自殺

その翌日、昼食時間帯のことである。作業療法で別棟に出掛けていた患者の一人が、昼食のテーブルに戻っていないことに看護側が気付いた。その時、異常事態を予測した婦長は、他の患者に気付かれないようベテランの看護士に目配せする。

斎藤看護士は、亀吉に声を掛けて作業場へ急ぐ。だが、作業場の窓辺には、自分の上着を首に巻き付け、初老の坊主頭の男が既に壁を背にして眠っていた。顔は血の気を失い蒼白に変わっていたが、表情は安らかな笑顔である。

つい先程まで生きていた人の死を目の前にして、亀吉の背筋に冷たい汗が流れた。

その人は、うつ病患者として八年間も入院していた目立たない大人しい人である。背が低く、小太りで、猫背の上に穏やかな丸顔を乗せ、言葉は殆ど交わさないものの、病棟内の勝手が分からない亀吉には協力的で優しいお父さんの一人であった。

無口の合間を縫って、何度か話をしたことがある。その時、恵比寿様のようであるとメモしたものだが。

亀吉は、恵比寿様から仏様に変わろうとする死体の処置を、手際よくこなす同僚に手を貸すこともなく、両手を後ろで組み茫然としたままであった。もう一人、亀吉の傍でうなだれた人がいる。

病棟から渡り廊下でつながる作業場で、症状の安定した患者が金属の部品を組み立てる簡単な作業の監視役の木村であった。木村は、日頃から勤務を放棄するかのように遠くを眺める時間の多い人で、監視役に向いているとは思えない。

向いていない木村を監視役に命じたのは婦長だが、それが出来なければ勤まらない職場であり、当然の命令であったろう。ただ、うつ病の患者が無口から転じて急に明るく話すようになった時には、現実に絶望して自殺に走る傾向があることを、承知の上で監視しなければ役目を果たせない。

それには、日頃から一人一人の個性を把握して、個人毎に変化を見極める眼力が必要である。ただ作業風景を眺めているだけでは無理で、病棟内の観察と対話が不可欠であった。果たして、それが木村に出来ていたかは疑問である。

いずれにしても、監視役を果たせなかった結果が目の前にあった。恵比寿様の男を仏様にした責任は免れない。

それにしても、恵比寿様の遺体処理の手際が良すぎる。そう思うのは、看護に慣れない初心者の所為であろうか。手回し良く手配した花でうっ血の跡が残る首の周りを埋め尽くし、引き取り手のない遺体は火葬され、残るのは怪しい診断書と遺骨だけである。

後で分かったことだが、恵比寿様の死因は急性心臓麻痺とあった。ただ、それは結果であり、真の原因は首を自ら吊ったことである。それが明るみに出れば、変死であるから警察が調査に入り、それなりに原因究明されたことであろう。

そうなれば、管理体制の不備を突かれる可能性がある。引き取り手のないことを幸いにして、火葬を急いだ理由がそこにありそうだ。

「何故引き取り手がないの」

そうユキに言われても、恵比寿様の生い立ちを詳しく知らない亀吉には答えようがない。

「八年入院し、誰一人見舞いに来てくれなかったようだから」

そう言いながらユキを見れば、既に大粒の涙が溢れている。亀吉も我慢し切れず、肩を揺らして初めて泣いた。

（八）休日

夜勤明けの休日、亀吉はユキと太郎を連れて近場の公園に出掛ける。宿舎から車で二十分の近場だが、一度も出掛けたことはなかった。その公園は、大半が人工の池に占有され、池の中では放し飼いのアヒルが数十羽、胸を張って悠然と泳いでいる。

太郎は、池の傍にある小さな売店の前で立ち止まり、ユキに何やら告げた。暫くすると、両手にポップコーンの袋を提げて、亀吉の方へ走ってくる。袋を一つ亀吉に渡し、口を開けてくれとたどたどしく言った。

「よしきた」

亀吉は、良い所を息子に見せようとして、袋の口を力一杯引っ張る。すると、袋は大破して中味が飛び出した。

「しまった」

亀吉は、照れ隠しに頭を掻こうとする。その時、袋に残っていたポップコーンも全て飛び出した。それを、少し離れた所で様子を見ていたユキは、余程可笑しかったと見えて腹を抱えて笑っている。一方、太郎は両手を腰に当て、腹を突き出して亀吉を見上げて言った。

「ショウガナイネ」

「ゴメンナサイ」

頭を下げ、亀吉は太郎に謝る。

「イイノヨ、キニシナクテ」

そう、太郎が応えたものだから、堪え切れなくなった亀吉は吹き出し、横目でユキを覗き見た。すると、ユキも苦しそうに涙を流して笑っている。

一人真顔の太郎は、地面に散乱したポップコーンを拾い集め、池の縁に近寄った。間もなく、人馴れしたアヒルの群が鳴きながら泳いでくる。だが、近寄ったアヒルの大きさに驚き、太郎は一歩退いた。更に接近したアヒルは、賑やかな鳴き声を揃って上げる。

手にしたままのポップコーンに気が付いた太郎は、それを群に向けて力一杯投げた。群は一塊になって、水中に頭を突っ込む。その後方には、黒い影が濃さを増し、水面に浮いたポップコーンを一つ一つ飲み込んでいくのが分かる。

太郎は、黒い影の正体に気付いていない。黒い影は、既に大きな円を作っていた。そうとは知らないで、太郎は残りのポップコーンを水面に投げる。そこには、体長が一メートルは楽に超す鯉の群がアヒルの群を押し退け、仲間同士で激しく水しぶきを上げ、ポップコーンの奪い合いを展開して見せた。

突然、勢いの余った大きな鯉は、水面を遥かに離れて空中で一回転すると、着水の際の水を派手に飛ばす。それを頭から被った太郎は、黙って亀吉に近寄り亀吉の大きな手を握り締めた。

「太郎より大きかったな」

「マイッタヨ」

「そうか、参ったか。もう一度来たら、一緒に逃げようか」

「イヤダ」

「そうか、逃げるのは嫌か」

「ウン」

その返事は、三人の生活を代弁するようである。

（九）自由

瞬く間に数ヶ月が過ぎたものの、病棟から出る者はなく入る者も現れない。夜勤明けの公休で二日後に大部屋を見渡すと、青年の姿が見えなかった。細目の斎藤に聞けば、昨夜、部屋に備え付けられた消火器を振り回し派手に騒いだそうである。

半年振りに保護室収容となった青年に向かい、その訳を亀吉は尋ねた。

「どうしたの」

「ラジオから流れる歌を聞いているうちに、急に寂しくなってしまったのです」

昨夜は、クリスマスイブである。世間では、家族や恋人が俄かクリスチャンに変身し、贈り物を交換しケーキや七面鳥を食べてシャンペンで乾杯する夜であった。その覚えのある青年が遠くで暮らす家族や恋人のことを思えば、感傷的になるのは当然である。

「派手に立ち回ったそうじゃない」

戒めるつもりで言葉をやや強めたものの、その必要はなかった。

「ええ、そうです。何だか悲しくなって、誰かと話をしたくなったのですが、誰も相手がいません。それに、長い間ここに居て退院の話もなく、これから先のことを考えると、不安になってじっとしていることが出来なくなったのです。それで、つい傍にあった消火器を振り回してしまいました。済みませんが、皆さんに謝っておいて下さい」

亀吉は、青年の筋の通った話を聞いて安心し、熱い番茶のお替わりを注ぐ。その時、青年は小さな声で紙とペンを要求した。そこで、亀吉は規則を破り胸ポケットに入れておいたメモ用紙とボールペンを渡す。

青年は、メモ用紙にテントウムシの絵と相合傘をボールペンで流れるように描き、亀吉に返した。

「ありがとう」

そう言った青年の言葉が、保護室を出てからも暫く、亀吉の心に何度も響く。宿舎に帰った亀吉は、青年の絵入りメモを見た。

その書き出しは、『タエちゃんへ、ひしょうと言う字を教えてください』から始まり、メモ用紙一杯に大きなテントウムシが舞い上がるように描かれている。

次の頁には、『飛翔』と言う漢字の正しいものと間違ったものが四組書かれ、続いて、ひらがなで『ひしょう、まあいいね』と書かれていた。

それから太陽の漫画が続き、次の頁には相合傘が四組描かれている。最初の傘の右上には理想と書かれ、傘の左には森タエ、右には青年の名があった。二番目の傘の右上には現実と書かれ、傘の左に斎藤タエ、右には青年の名があり、三番目の傘の右上にはアーメンと書かれ、傘の左には彼女の愛称なのかキティちゃん、右は前と同じく自分の本名があり、最後の相合傘の右上にはアーメンとあり、傘の左に斎藤タエ、右にはテントウムシと書いてある。

メモ用紙の最後には、テントウムシの絵が再び描かれ、結びにありがとうと書いてあった。メモを見終えた亀吉は、深い溜息を吐くしかない。理想と現実をテントウムシと本名で使い分けた青年は、テントウムシになろうとしていた。

「テントウムシなら、鉄格子をすり抜け、自由に舞えるからな」

そう呟いて布団に入ったものの、亀吉は暫く眠れない。雨戸の隙間を摺り抜けた月の光は、寝具を斜めに切った。太郎の誕生祝いに貰った壁の鳩時計は、鳴き声を封じて鳩の姿だけを四回見せる。五回目の鳩を待つ間に、亀吉は漸く眠りに就いた。

寝つきが悪い時に見る夢には、心地良いものはない。明け方に見た夢も、その例外ではなかった。青年が会ったこともない母親と揃って退院のお礼に顔を見せ、菓子折の箱を亀吉に差し出す。

「あの時の混乱、今では嘘のようです。僕は、悪い夢を見ていたのでしょうか。これからは何が起こっても、他人の手を借りずに自分の力で現実に戻れます」

自分を制御できるようになった青年は、亀吉に胸を張って言った。その横で、母親は涙を拭きながら何度も頭を下げる。

「京都に戻り、元の職場で働きます。自立する目途が立ったら彼女に結婚を申し込み、それで駄目なら仕方ありません。以前のように、打ち明ける前から悩むのは止めにします。それと、あちらの方は外科で手術を受けて治すことにしました」

青年は、下半身を指差して明るく話した。

「それから、あの時は曖昧でしたが、今は正確に書けます」

亀吉以外には分からない話であったから、周囲の者は怪訝な顔をする。それには構わず、青年は亀吉の名を呼んだ。

「亀吉さん、メモ用紙を貸して下さい」

亀吉の渡したメモ用紙に青年は、「飛翔と迷わず書いて亀吉の顔を見る。亀吉が頷くのを確かめ、青年は頭を深く下げた。それから母親の背に手を回し、病院の玄関を後にする。その姿が塀の角に隠れて見えなくなるまで、亀吉は見送った。

『次は場所を変え、もう一度会いましょう』

テントウムシは今、蜘蛛の巣を離れ大空に舞い上がって行く。すると、亀吉は蜘蛛の巣の番人であったのか。空中に張られた野球場ほどもある蜘蛛の巣の上で、粘着液の付いた横糸を避けながら、亀吉は太い縦糸の上を必死に歩く。

巣の真ん中では、毒牙を磨きながら大きな蜘蛛が待ち受けている。緊張のあまり足を踏み外した亀吉は、蜘蛛の方に転がり落ちた。そこで、蜘蛛の牙は亀吉の身体をやすやすと貫く。

「うっ」

自分の発したうめき声で、亀吉は目が覚めた。横で寝ていたユキも目が覚め、部屋の灯りを慌てて点ける。それでも興奮の収まらない亀吉は、夢の内容をユキに話した。そうする間に興奮の熱も冷め、噴き出た汗で身体が冷えていく。

ユキは、青ざめた亀吉に着替えとウィスキーを用意した。乾いた寝巻は心地良く、度の強いアルコールは亀吉を再び夢の世界へと誘う。

（十）帰郷

長い混乱の世界から覚めた僕は、急激に老け込んだ母を隣席に置き、京都に向かって走る新幹線の車窓の光景に見惚れていた。

同じ頭の片隅で、想像を超えた鉄格子に囲まれた病室の治療とは思えない日々を思い出している。故郷に帰りたくても帰れず、彼女に会いたくても会えない切なさに、心を乱して放歌したものだ。

混乱の中に自分を投げ込んでおけば、現実の悩みに苦しむことはない。出来ることなら、その悩みを抹殺してしまいたかったが、それは正気に戻る道を閉ざすことであり、僕に混乱の中で生き続ける贅沢は許されなかったようである。

大声を張り上げ、周囲の物を壊し自分も傷付けた。僕と言う出来の悪い役者を使い、その役を演じさせた覚えがある。最初は、そのつもりであった。だが、最後まで演じ切れなかったようである。監督を気取っていた僕は、役者になり切ってしまった。やがて、疲れ果て舞台から降りた時、見知らぬ土地の精神病院の鉄格子に囲まれている。

自分を取り戻した僕は、鉄格子の中で裸同然であった。恥ずかしくて堪らず、深酒から覚めたようである。一刻でも早く鉄格子から出ようと考えても、素手では何もすることは出来ない。徒にもがいても無駄と悟り、開き直って良い子の振りをすると大部屋に移された。

ここまで来れば、退院までもう一歩である。僕が常人と変わらないことを理解して貰いたくて、作業療法にも積極的に参加し、何もすることがなくても大部屋で茫然とする姿は見せない。病院の関係者と出会う毎に元気になったと訴えたが、これがいけなかった。

病気である自覚があれば尚更のこと、病気である自覚がない場合も同様の判断が下されたようである。当分は退院の可能性がないと告げられた時、僕の心は再び乱れた。直ぐに檻と鍵が人を操る保護室に収容されたが、今度はそれを忘れて僕一人の世界へ閉じこもる。

その時、僕は白衣をまとった亀吉に出会う。僕と同じ目線の位置に座り、亀吉は僕の話を聞いてくれる。時には、亀吉の悩みも聞いた。すると、現実と向き合う力が沸々と湧き、いつでも社会復帰出来るように思えたが、それは敢えて口にしないようにする。

ところで、亀吉は今頃どうしていることだろう。僕との親しい会話が原因で、職員として苦しい立場になったと聞く。そんな亀吉のことが気に掛かったが、僕は故郷に着いた後のことを考えることにする。

丁度その時、新幹線は定刻通り観光客で賑わう京都駅に着く。

「戻れたのね」

僕の母は、僕を見詰めてそっと言う。棚から荷物を下ろして肩に掛け、停車時間が気になる僕は母の手を引き急いでホームに降りた。その瞬間、僕の心配した通り、発車ベルが鳴り響き新幹線の乗降扉は閉まる。

僕は、人混みを縫って京都駅を出た。久し振りの商店街は、以前と変わらない賑わいを見せている。だが、僕は以前とは異なる世界を感じていた。鉄格子から出ても鍵の掛かった大きな扉の内側の大部屋で、男ばかりがたむろする入院生活を強いられていた僕には、派手な衣服を身に着け自由に歩く若い女性の姿が眩しくてまともに見られない。

それでも、幼い頃から見慣れていた寺院は、以前と変わらず僕を親しく迎えてくれた。

「心配掛けたね、母さん」

幾らか人通りの疎らになった裏通りで僕は口にしたが、母は微笑むばかりで何も言わない。その時、酒を飲んだ父が母に手を上げ、堪え切れなくなった母が僕と弟を連れて一晩中歩いた懐かしい通りに出たところで、僕は母の顔を覗き込んだ。

相変わらず、母は微笑んだまま頷いて僕の気持ちを察していたようである。それから間もなく、僕と母は住み慣れた木造二階の古いアパートに着き、母が玄関の戸を鍵で開けようとした瞬間、僕は条件反射で腰を引いてしまった。

『ここは僕の家だ』

そう自分に言い聞かせて、カビの匂いも懐かしい玄関に入る。そこから直ぐに、懐かしい箪笥や食卓が目に入った。それに惹かれて部屋に上がった僕は、肩の荷物を下ろして畳の上で大の字になり、雨漏りで薄汚れた板張りの天井を見詰める。

そこには、かつて弟と野球のボールを投げて遊んだ時に開けた拳大の穴があった。その時だけは、普段は大人しい母が僕達を大きな声で叱ったものである。だが、父は愉快そうに笑うだけで、母に冷たく当たる時の父とは、別人のようであった。

そのまま、僕は眠ってしまったようである。翌朝、台所から聞こえる包丁がまな板を打つ軽快な音に起こされるまで、夢も見ないで深く眠ってしまった。

トントンの音が絶えて間もなく、狭い部屋は味噌汁の匂いで満たされてしまう。

「おはよう」

僕は、母の背中越しに声を掛けた。

「よく眠れたようだね」

椀に味噌汁を注ぎながら、母は静かに応える。何度、こうした光景を想像したことか。何気ない日常生活と言うものを、どれ程願ったことであろう。それが叶った嬉しさに浸り涙ぐんだ僕を見て、母は御飯を盛る手を止めた。

「大丈夫、母さん。久し振りの母さんの料理に感激しただけさ」

僕は、母の肩に手を置く。

「長い間、心配掛けたね。明日から、僕は職場に復帰してバリバリ働くよ。そして、母さんには楽をして貰わなくてはね」

何も職場の事情を知らされていなかった僕は、元の職場に戻って働くつもりであった。

「お前、そんなに慌てなくても良いじゃないか。長く入院していたのだから、ここの生活に身体が慣れるまで、しばらく仕事は休みなさい」

珍しく母は、遅れを取り戻そうと焦る僕に命令するような口調である。正直なところ、明日から職場に復帰する勇気はなかったが。何か、僕の知らない事情でもあるのだろう。

朝食を済ませ、僕は四畳半の自室に入った。油絵が壁を占拠し、机の横には未完成のキャンバスが立て掛けてある。それは、製作途中の彼女の似顔絵であった。この時になって初めて、僕は彼女のことを思い出したが何故だろう。

入院中は、絶えず僕を悩ませていた彼女であった。それを一晩経った今頃に気付くとは、理由が分からないまま連絡を取ろうと受話器を手にしたものの、彼女が元の彼女でなかったらと考え、ダイヤルを回す直前に元の位置へ戻してしまう。

母の命令に従い、僕は家で二週間も過ごした。三週間目に入ろうとする朝、僕は朝食を食べた後で母に尋ねる。

「今週から職場に戻るつもりだが、どうだろう」

暫く黙っていた母は、重たい口を開けた。

「それは良いけれど、何処へ行くつもり」

「元の職場に決まっているじゃないか」

そう僕が答えると、母は悲しそうに首を横に振る。何の連絡もなしに僕が一年半も入院したものだから、その間に解雇通知が届いたと言う。

それを聞いても、僕は驚かなかった。言い換えれば、驚く理由が見付からなかったのである。新しい職場を探すことにした僕は、新聞の求人広告を見た。そこには、選択に迷うばかりの職種に求人がある。

　前職と同じ営業職はどの業種でも驚くほどの待遇だったが、僕は地味な事務職を選んで面接に出掛けた。履歴書を見た相手は、必ず前職の退職理由と退職してから一年半の空白を尋ねる。正直に答えれば、そこで面接は終了するだろう。

　その時、僕は作り話で答えたが、それを信じる会社は一つもなかった。暫く就職活動を休むことにした僕は、これまで避けていた彼女に思い切って電話を掛けることにする。結果が悪くても動じない心の準備は、面接結果を何度か聞く度に育っていた。

　呼び出し音が三度鳴り、受話器がカチリと上がる。一呼吸置いて、懐かしい彼女の声が聞こえた。

「僕です」

「・・・」

　彼女は、僕の声を忘れていたようである。

「森です」

　名前を告げると漸く分かった。僕は、長いこと連絡しなかった理由は言わないで、連絡しなかった事実だけを詫びる。だが、彼女は少しも怒ることもなく、それどころか何もかも承知している様子であった。

それなら話は早いと思い、僕が明日にでも出掛けて会って話したいと言えば、意外な返事であった。

「明日の夕方、タエがお邪魔します」

僕は嬉しく、胸の鼓動が高まり、激しい血流が耳元まで押し寄せ、受話器の声が遠退いて行く。電話を切ってから、明日の再会までどうしたものか、狭い部屋の中を行ったり来たり落ち着きを失った僕は、机の横に置いた未完成の似顔絵の下描きに気付き、明日までに完成させることにした。

僕は癖で、目の前に文具が見えても胸の内ポケットを探ってみる。案の定、ボールペンが入っていたが、下描きには不向きで仕舞おうとしたが、それは看護士の亀吉さんに貰った想い出の品であった。

これも何かの縁であろうと、僕は鉛筆の替わりに想い出の品をキャンバス上に夢中で走らせる。どの位経過したことか、机に伏せた頭を朝日が照らした。似顔絵の下描きは完成し、彼女の口元は笑っている。

その日の夕方、白のワンピースに身を包んだ彼女は、母の招きに応じて部屋に上がり、僕を見て頭を下げた。その後から、意外なことに弟の武雄が現れる。驚く僕には構わず、彼女は母と一緒に台所に向かった。

弟が何か話し掛けているようだが、僕の耳には入らない。間もなく茶が入り、六畳の居間で皆が小さな円卓を囲む。僕の左隣には母が座り、正面には彼女と武雄が並んで座った。呼んだ覚えのない武雄が現れたのも変だが、彼女と並んで座るのは更に妙である。

僕は、説明を求めて母の顔を見たが、母は僕の視線を避けていた。誰もお茶には手を出さず、沈黙が続く。それを破ったのは、数年前に社会人となり職場に近いアパートで一人暮らしを始めていた弟の武雄であった。

「兄さんが退院したら、打ち明けようと待っていた。僕達、近い内に結婚する」

僕に取っては何とも残酷な話を黙って聞きながら、僕は彼女の覚悟を確かめようとしたが、彼女は先程から俯いたままで顔が見えない。ただ、膝頭に置いた彼女の手の甲には、大粒の涙が落ちる。その瞬間、僕は亀吉さんの言ったことを思い出す。

『若くて気紛れな彼女は、それが魅力であり、森さんを苦しめる原因になることでしょう。やがて、森さんに残酷な現実を教えるかも知れませんが、その時には自分を忘れないようにしてください』

僕は、弟とタエさんの顔をよく見てしっかりと言った。

「おめでとう、武雄それにタエちゃん」

冷えたお茶を一息に飲み干し、僕は覚悟を決める。翌朝、引き止める母を説得し、僕は朝一番の新幹線で東京へ向かった。

(十一) 再会

青年が退院して間もなく、ここに居ては収容所の監視役で終わると悟った亀吉は、知人の紹介で東京の小さな出版社で働くことにする。皮肉なことだが、妻となるユキと出会い、田舎に青春の理想を求めて去った都会に舞い戻ることになった。

病院を去る時には、辛い別れが待っている。短い間ながら意気投合した仲間、それに名前と顔が一致するようになった入院患者との別れであった。また、太郎の家来になったコロは、住宅事情で連れて行くことが出来ない。

幸い、近所の農家に引き取って貰うことになったが、幼い太郎には何と説明したら良いものか、迷う亀吉にユキが妙案を考えた。

「子犬だけが入れる幼稚園にコロは入るのよ」

こうして、太郎は笑顔でコロと別れる。家族に笑顔が戻れば、看護士から書籍の編集者に転身するのも苦にはならない。新たな職場でも先輩を悩まし、仕事を早く覚えようと張り切っていたある日、亀吉に思い掛けない相手から電話が入った。

それは、病院で出会った青年の元気な声である。身体の芯から込み上げてくる感情に流され、亀吉は受話器を持ったまま無言であった。

「どうしましたか、亀吉さん」

「大丈夫です。それにしても、あなたに心配される日がくるとは思いませんでした」

亀吉は、突然の電話に感情が乱れたことを正直に告げる。

「亀吉さんは正直な人ですね。ところで、僕は亀吉さんの会社の傍から電話していますが、少し時間が取れますか」

「大丈夫、時間など作るものです」

そう言った後で上司に訳を話して時間を貰った亀吉は、ビルの一階から上るエレベータを待ち切れず階段を駆け下り、青年の待つ駅に向かう人混みを縫って飛ぶように走って行く。かなり勾配の厳しい上り坂になっても、亀吉は一向に苦にならない。

駅前の雑踏に、亀吉は大きなテントウムシの絵を見付けた。それを頭上に掲げる青年は、病院で出会った森に違いない。その絵は、森が亀吉のメモ帳に書いてくれたものとは比べ物にならない、本物に限りなく近いものであった。

「上手くなりましたね」

「そうですか。亀吉さんに話を聞いて貰ったお陰様で、今では絵に集中することができるようになりましたから」

「それにしても、小さければ本物と見間違う」

目印のテントウムシを抱えて、静かなバックミュージックが流れる喫茶店に入った二人は、再会を祝いミルクセーキで乾杯する。それは、亀吉が森に話した好物を森が覚えていて、注文してくれたものだ。

「良く覚えていてくれましたね」

「ええ、再会した時に飲もうと決めていましたから」

「嬉しいな。御礼に僕が出来ることがあれば言って」

故郷の京都を離れて暮らす決心の森は、出来ることなら東京で仕事を探したいと言う。亀吉は、少し考えてから答えた。

「書籍に載せる絵とか図を描く仕事、挑戦してみますか」

「ええ」

その話は旨くまとまり、森は亀吉の編集する書籍を印刷する先のイラストレーターとして働くことになる。やがて、無理な注文にも笑顔で応える姿勢が印刷所の親方に認められ、森は親方の娘婿となった。二人の結婚式には、縁結びの亀吉も招待され来賓祝辞の大役を貰う。

「これからは、テントウムシのように手を繋ぎ、二人で大空を飛翔なさってください」

かような短い祝辞が受けたのか、それとも森夫婦へ飛翔を願う皆の気持ちが一致したのか、小さな会場に拍手が鳴り響いた当時を思い出しながら、亀吉は本棚に積もった埃を払う。

それから間も無く、不動産バブルが弾け教育サービス業に壊滅的な衝撃を与えた。バブルの恩恵を受けなかった森の商売は殆ど影響はなかったが、亀吉の勤める会社は顧客の教育費削減で経営が厳しくなる。

亀吉は、世話になった会社を卒業することにした。その日、靖国通りに面した会社の入ったビルを出て御茶ノ水駅まで、亀吉は森の描いたテントウムシに成り切り、大空をのんびり飛翔する。

著者プロフィール
今井 幸次郎（いまい こうじろう）
昭和27年、群馬県吾妻郡嬬恋村生まれ。
環境ISO審査員、環境ISOコンサルタント。

犬の僕が猫になる日

2021年５月15日　初版第１刷発行

著　者　今井 幸次郎
発行者　瓜谷 綱延
発行所　株式会社文芸社
〒160-0022　東京都新宿区新宿1－10－1
電話　03-5369-3060（代表）
03-5369-2299（販売）

印　刷　株式会社文芸社
製本所　株式会社MOTOMURA

ISBN978-4-286-22514-2　　JASRAC　出2101613－101